史記。

柏樺
——著

晚清
——
民國

柏樺
敘事詩史

中國的歷史從本質上看是沒有歷史的；
它只是君主覆滅的一再重複而已。
任何進步都不可能從中產生。

　　　　　　　　　——黑格爾（1822年）

在清朝
安閒和理想越來越深
牛羊無事，百姓下棋
科舉也大公無私
貨幣兩地不同
有時還用穀物兌換
茶葉、絲、瓷器

……

在清朝
哲學如雨，科學不能適應
有一個人朝三暮四
無端端地著急
憤怒成為他畢生的事業
他於1840年死去

　　　　　　　——柏樺《在清朝》（1986年）

民國世界山河浩蕩，縱有諸般不如意，亦到底敞陽。

　　　　　　　　　——胡蘭成《今生今世》

小　序

　　早在寫作《史記：1950-1976》的中途——注意：此「中途」並非比附但丁那家喻戶曉的名句「當人生的中途，我迷失在一個黑暗的森林之中。」——我就萌生了要寫晚清和民國的「史記」。接下來，順理成章地，寫完《史記：1950-1976》，便又埋頭於浩瀚的晚清民國的書報等材料，但我並非「迷失在一個黑暗的森林之中」，而是企望照亮（其實也照亮了，至少許多部分被照亮了）那「黑暗的森林」（即：在昏暗中沉睡不醒的晚清民國書籍、報紙和材料）。

　　《史記：晚清至民國》從構思、布局、選材及運作與前書《史記：1950-1976》並無二致，這正應了一句古訓「世間萬物皆出一理也。」但二書似亦有區別（不過這區別最好不由我來說），且聽昆明朱霄華（來信）的簡說：「這組詩我是很喜歡的，遠甚於《史記：1950-1976》。許是因為年代久遠，還有民國時，傳統文化的那一口氣還在瀰漫，你便是如魚得水了。……」引這些，只是一個提醒（對自己也對他人），而不是要順勢續說，當然，我更不會在此繼續追究和比較二書的質量及其離我而去的各自命運了。

　　該書從開工到收工，遇到許多瑣事細事雜事逸事……不能也不必一一說來，下面只擇一件事來敘說本書作者的工作情況。

　　此書從2010年10月開工，到2011年6月收工，費時不可謂短，之後，斷續修改不停，而且至今似無徹底停工的樣子。不是嗎？且看：直到昨天（2011年9月19日星期一）清晨，我還懷著一種從未有過的（奇特的）痛苦心情將〈北平的天橋〉做了大手術般的形式改造。原

詩本為兩行一節共四節，每行30字左右，最長一行為37字，最短一行亦有30字，如是安排極為悅目且靈動，那天橋線型的身姿恍若北平夏日雨後的彩虹在長句中盡顯無疑，但為何又重頭寫呢？無法，排版會出問題，這麼長的句子——除雜誌外——書頁的寬度會裝不下，最後，只好改為四行一節共四節，每行也就變成15字左右了。以上所說，僅是舉一例，來說明我剛寫完的這本新書《史記：晚清至民國》並非今年6月收工的，直到我寫下這篇小序的今天，它或許應該完結了。誰知道呢，明天或下周或下個月某一天，我會再修訂嗎？如我曾在許多場合說過的：一首詩，特別是長詩，應該修改幾百遍，也不算多。

好了，就此打住，直接鳴謝如下：

首先，我要感謝青年詩人、學者李商雨，這個夏天，我們在成都幾乎每天朝夕相處，他協助我對本書做了大量的注釋工作。

最後，我仍要特別感謝我服務的學校——西南交通大學藝術與傳播學院，他們為我提供的環境、心情和時間是絕對的、無與倫比的，若沒有這些，這本書還不知道在哪裡。

柏樺，成都，西南交通大學藝術與傳播學院中文系教授

2011.9.20

卷二　一九一〇年代

卷四　一九三〇年代

卷五　一九四〇年代

卷一

晚清筆記

重慶鄉間的狗及其它

一

夜裡，狗對著過路的板車發瘋地亂叫；
白天，又對著臭氣熏天的糞坑狂吠；

道士只要在做法事，狗便吼個不停；
連傳教士的小狗保羅也「汪汪」得乾脆。

豬肉是宴席上非常高級的菜？
學究論書
菜農論蔬
漁人論魚
屠夫論豬[1]

夫子不論魔法——子不語？
馬在草地上打滾——驢打滾？
我們禁不住笑了。

二

冬天，為了避濕保暖
我們會把脫下的衣服蓋在被子上。
可「神沒有什麼衣服需要晾乾，
只需門前有一個小寺廟和一片老樹叢。」[2]

那河流呢？長江或嘉陵江？
「批判一條河流，
就是要改變它，讓它變得更好。」[3]

三

「不屬於身體的不會留下記憶。」[4]
苦力們除了身體外都很害羞，
誰也不願意去討一口水喝。

木匠中午出去吃飯，酒喝多了，
自以為醉酒是一件光榮的事。

一個膚色雪白的裁縫說：
做外國衣服太煩了，以後再也不做了。

賭博是大快活！
無事可幹，我們春節開賭

——拜神？是的！草草結束之後，

我們在房間裡賭，

藍袍人、紅褲女、和尚……

賭得流汗

同樣的刺激，同樣的幸福。

四

另一個人在一株大皂角樹下

用石頭練習舉重

還用拳掌硬功，奮力捶打胸膛

使其變紅，變成豬肝色。

常常，他會砰地一拳將一塊磚頭擊碎。

常常，他又在雞巴上吊起三塊磚頭。

常常，他突然、猛烈、公開地罵人。

但他最想的是活到老。在吾國，

老年便是一種榮耀。

注釋

1. 曾國藩歸納治家之道「八字訣」：早、掃、考、寶、書、蔬、魚、豬。
「第一起早，第二打掃潔淨，第三誠修祭祀，第四善待親族鄰里。凡親
族鄰里來家，無不恭敬款接，有急必周濟之，有喜必慶賀之，有疾必
問，有喪必弔。此四事之外，於讀書、種菜等事尤為刻刻留心。」曾於
此十分自豪，在其家書中，屢屢以這八字訣為圭臬，告誡子弟謹守家
規。「早掃考寶書蔬魚豬八字，是吾家歷代規模。吾自嘉慶末年至道光

十九年，見王考星岡公日日有常，不改此度。不信醫藥、地仙、和尚、師巫、禱祝等事，亦弟所一一親見者。吾輩守得一分，則家道多保得幾年，望弟督率紀澤及諸姪切實實行之。」

2. 語出明恩溥。明恩溥，英文名阿瑟‧史密斯（Arther H.Smith,1845-1932），美國公理會傳教士。1872年來華，先後在天津、山東龐莊傳教。著有《中國人的性格》、《中國鄉村生活》等書，在華近50年，對中國較有感情，是最早建議美國總統退還庚子賠款的人。他的研究被魯迅、潘光旦所稱道。

3. 語出布萊希特。布萊希特（Bertolt Brecht,1898-1956），德國劇作家、戲劇理論家、導演、詩人。

4. 此為阿米亥詩句。耶胡達‧阿米亥（Yehuda Amichai,1924-2000），以色列詩人，生於德國烏爾茲堡，12歲隨家遷居以色列，曾在軍中服役，當過教師，出版有詩集十餘部。

小　學

「玉不琢，不成器；人不學，不知義。」[1]
學習就是高聲朗讀，
就是不析義、不綜合、不數學。
而學堂亦是「在黑夜中穿上華貴的衣服。」[2]

那老師用戒尺打他11歲的頭
他就哭著回家，讓妻（童養媳）[3]
一邊安慰他，一邊用黑色膏藥塗他的傷口。

後來，他患了水腫病
易於激動的他拒吃藥、大哭鬧，好吃西瓜
之、乎、者、也，奈如何
三年後，他命赴黃泉，留下一個寡婦。

注釋
1. 語出《三字經》。
2. 其語義如成語「錦衣夜行」。亦可見司馬遷《史記》卷七，中華書局，
   1982，第315頁中項羽所說：「富貴不歸故鄉，如衣繡夜行，誰知之
   者！」在沈德潛所著《古詩源》（中華書局，1977，第216頁），我讀
   到：「夜衣錦繡，誰別真偽。」
3. 「童養媳」，又稱「待年媳」、「養媳」。「童養媳」的名稱起源於宋
   代，元、明、清時，童養媳從帝王家普及到社會，一般人家往往花少許

錢從貧民家買來女嬰或幼女，等到養大後，作為自己的兒媳，如此一來，也便節省了許多聘禮。童養媳在清代時候已經甚為流行和普遍。在中國社會，童養媳有一個顯著特點，即女大男小，當然，這也並非是一個絕對現象。不過這裡「讓妻（童養媳）／一邊安慰他，一邊用黑色膏藥塗他的傷口」，正是這種女大男小的現象。另外，由於童養媳多是孤女或貧寒人家的孩子，在婆家往往受到虐待，如果遇到惡婆，虐待尤甚。童養媳成了受苦的代名詞。有一首土家族民歌〈十八歲的姑娘三歲郎〉，反映的即是這種現實：

> 十八歲的姑娘三歲郎，
> 不要陪嫁只要糖，
> 站起沒有桌子高，
> 睡起沒有板凳長。
> 板凳長喲！
>
> 十八歲的姑娘三歲郎，
> 天天要奴抱上床，
> 睡到三更要吃奶，
> 奴當妻子又當娘。
> 又當娘喲！
>
> 十八歲的姑娘三歲郎，
> 夜夜要奴抱上床，
> 睡在床上屙泡屎，
> 打濕奴家花衣裳。
> 花衣裳喲！
>
> 十八歲的姑娘三歲郎，
> 夜晚要奴哄上床，
> 不是奴家公婆在，
> 郎當孩子奴當娘。
> 奴當娘喲！

十八歲的姑娘三歲郎，
奴家夜夜守空房，
童養媳婦命最苦，
命苦像喝黃蓮湯。
黃蓮湯喲！

十八歲的姑娘三歲郎，
叫聲阿爹喊聲娘，
砸破封建舊世界，
同樣媳婦永不當。
永不當喲！

　　順便說一下，在中國文學史上，有一位童養媳的形象光芒四射、
彪炳千秋，她就是關漢卿筆下著名的竇娥。《竇娥冤》第一折，關漢
卿這樣寫道：「老身蔡婆婆，……不幸夫主亡逝已過，止有一個孩
兒，年長八歲，……這裡一個竇秀才，從去年問我借了二十兩銀子，
如今本利該銀四十兩，我數次索取，那竇秀才只說貧難，沒有還我。
他有一個女兒今年七歲，生得可喜，長得可愛，我有心看上他，與我
家做個媳婦，就准了這四十兩銀子，豈不兩得其便？」於是乎，年幼
的竇娥，即因父債，入了蔡婆婆家做了童養媳。

　　這裡，不得不提及的另一位童養媳形象——即詩人艾青筆下的
「大堰河」（〈大堰河，我的保姆〉），這是一位生活於晚清的真實
人物。

　　解放（關於「解放」一詞，另見《史記：1950-1976》注釋）
以後，國家頒布了婚姻法，抱養幼女當童養媳的問題終於解決。必須
指出的是，在一些偏遠地區，童養媳現象仍然存在，如福建有個叫坪
洋村的，全村大大小小童養媳，竟多達近千名。另，福建有個叫龍吟
鎮的地方，一個26歲的羅姓村民，因家庭和個人原因一直沒有娶到老
婆，同鎮的有一個8歲的黃姓女孩因父親去世，母親改嫁，經人撮合，
羅家便將這名女孩收為童養媳。五年後，羅家見這女孩生理期出現反
應，於是大張旗鼓操辦了31歲的兒子和未滿14歲的童養媳的婚禮，婚

後不幾日，鎮派出所將蜜月中的新郎拘捕，理由是他犯了強姦未成年幼女罪。

　　說來又是巧得很，2011年8月17日上午，詩人李商雨在我成都西南交通大學家中讀張愛玲《異鄉記》，在第19頁第二段，他逢著了張愛玲那童養媳般的心情：

　　　　蔡太太睡的是個不很大的雙人床。我帶著童養媳的心情，小心地把自己的一床棉被折出極窄的一個被筒，只夠我側身睡在裡面，手與腿都要伸得畢直，而且不能翻身，因為就在床的邊緣上。……

地 痞

他老是表現出渴望戰鬥的模樣：

故意敞開外套，

故意扯破帽子，

故意將亂蓬蓬的頭髮

梳成鬆鬆垮垮的辮子；

故意趿拉著鞋後跟，

賣弄那跟部絲繡的棉襪，

（他沒有胸毛，稍覺害羞）

硬要給村裡人來點顏色[1]瞧瞧。

注釋

1.「顏色」一詞具雙關意，既指前面提到的襪子顏色，也指該地痞在村裡
　　胡作非為的架勢。

榜　樣

常州有一戶陳姓人家，
加起來共有七百多口人，
他們每天都統一吃飯，
他們養的狗（120條）
也與他們同時吃飯。
如有一條狗沒及時趕到，
所有狗會耐心等待。
「你看，」皇帝笑曰，
「這陳家多和諧、多美滿，
整齊的生活使狗性也得以改變。」

母與子

《枕草子》[1]說，夜裡的聲音都有意思，
唯有嬰兒的哭聲討嫌。
喏，那山西小兒子就正哭得厲害
要麼捂得熱了，要麼就敝得涼了。

奈何，那小媽媽也是一個孩子
（一切聽婆婆、嬸嬸的）
心煩，就塞一個奶頭給他。

那小兒子一天要吃幾百次奶呢
此外，還啃瓜果、蘿蔔、排骨
連爹爹的大煙袋也咬
從而染上鴉片煙癮。

一天，這小媽媽為給他治病
用鈍剪刀把那小兒子的食指鉸下
小兒子痛得哭不出聲來
當場便抽搐著死去。

注釋

1. 《枕草子》，日本平安朝時代的散文集，成書於11世紀初，其內容主要是對日常生活精細獨異的觀察和隨想。作者清少納言，平安朝著名才女，家學淵源，深通和歌，且熟諳漢學。據跋文稱，作品以「春是破曉時分為最好」起始，跋文終結，長短不一，共有三百餘段。全文大體可分為三種形式的段落。一是類聚形式的段落，通過長期、細緻和深入地觀察和思考，將彼此相關、相悖的事物加以分類，然後圍繞某一主題，加以引伸；二是隨筆形式的段落，內容不僅涉及山川草木、人物活動，還有京都的特定的自然環境在一年四季之中的變化，抒發胸臆，綴成感想；三是日記回憶形式的段落，片斷性地記錄了清少納言自己出仕於中宮定子時的宮中見聞，也可說成是宮仕日記，主要是作者的親身體驗，但也不乏當時流傳的故事和戲劇性場面，描寫手法詼諧幽默。中文譯本裡，以周作人翻譯流傳最廣，評價最高。

有關書名的由來，清少納言自己在後記有說明。據說，定子的哥哥伊周於某天送了上等紙給皇上與定子，皇上命人書寫《史記》，而定子則同作者商討這些紙的用途。清少納言俏皮地說：「既然皇上是『史記』，我們就來個『枕頭』吧。」為什麼「史記」與「枕頭」有關？這有眾多說法，但普遍說法是「史記」發音是「siki」，與鞋底的「底」同音，所以清少納言才機靈地說出「枕頭」。皇后聽畢，極為讚賞作者的幽默感，便將所有紙都賞給清少納言。

此書深受漢文學的影響，其中引用的漢文典籍有《白氏文集》、《史記》等多種。但作者摒棄單純的景物描寫方法，巧妙地利用白詩，實現人物和景色的移位，表達自己期望達到的效果。如面對齊信的「關省花時錦帳下」的發問，清少納言根據白居易「廬山雨夜草庵中」的詩句，隨機應變地回答道：「誰來拜訪草庵呢」。最突出的要數第二百八十二段，在一次大雪過後，定子問左右侍從，「『箱爐峰的雪』響如何」？清少納言隨即將簾子高高捲起，請中宮憑欄遠眺。左右盛讚清少納言的博學敏睿，定子也深深地為之感動。原來這是白居易詩〈箱爐峰下新卜山居草堂初成偶題東壁之三〉中「遺愛寺鐘倚枕聽，箱爐峰雪撥簾看」的詩句。無疑清少納言熟讀白詩，並且融會貫通了。

回鄉偶書

「少小離家老大回」¹

那白髮兒子進了家門也不多說

倒頭便暢快地抽煙。

眾人驚愕，問他是哪一個，

他反問：「我為何不能在家裡隨意呢？」

接著抽，接著抽……

詳情容後再說。

注釋

1. 此句出自賀知章〈回鄉偶書〉，全詩為：

       少小離家老大回，鄉音無改鬢毛衰。
       兒童相見不相識，笑問客從何處來。

問　道

1890年，中國「問道者」認為：只要傳教士關心
我們的口腹，我們就會讓他們來拯救我們的靈魂。
而傳教士也心知肚明：雇傭信教者工作
是他們首先要解決的問題。
一個中國人若想成為一個基督徒
他必然想依靠基督教討生活。

1894年春，英國人莫理循[1]
在四川萬縣見到一個苦力基督徒，
他入教僅是為了神能治好他三歲女兒的聾啞病。
在重慶，魏夫人脖子上的膿瘡被教會醫院治癒後
立刻對真理或科學產生了極大興趣；
隨即她成為一名基督忠實的女兒，
每週末必長途趕來參加禮拜唱詩。
貴州府道台唐先生目睹了治療內痔病人的手術
便當場信仰了基督教。

依然是1894年，四川有六萬天主教徒
其中大多數是苦力、遊民、騙子和強盜；
這是水富[2]的一個大主教莫托特說的，

他甚至還說了一句更瘋的話：

「基督的十二使徒中，有一個曾來過四川水富。」

注釋

1. 莫理循（George Ernest Morrison, 1862-1920），英國人。1887
   年畢業於愛丁堡大學醫科，曾任《泰晤士報》駐華首席記者（1897-
   1912），中國民國總統政治顧問（1912-1920）。他是一位與近代中國
   關係密切的旅行家與政治家。
2. 水富縣過去屬四川，今屬雲南管轄，位於雲南省北部。

成都反洋暴亂

1895年5月30日，突然
成都全城貼滿了告示，內容如下：
「洋鬼子唆使壞人偷小孩榨油。
我家李姓女僕親眼目睹，
大家不要讓小孩出門，
希望大家配合。」

一時間，議論紛紜：
「天主教堂圍牆那麼高，
整天緊閉著門，不會無緣無故的。」
「外國人挖小孩眼睛榨油洗相片。」
「傳教士把小孩的腦漿榨出來，
混入牛奶裡。」……

「打死他們！打死他們！」
用石頭砸、用斧子砍、用火燒
成都人傾巢出動（除大量閒人外
甚至還有科學家）
追打著像逃犯一樣的傳教士
並興奮地觀看他們滿街亂跑。

一位軍機處要員的日程表

他每日凌晨兩點動身出門
破曉之前，有時也在漆黑的
三點或四點被皇帝召見。
六點至九點，在軍機處理政
九點至十一點必去兵部
（因他還身兼兵部尚書一職）
十一點至下午兩點，
在督察院辦公
（又因他是督察院的高官）
下午兩點至六點，
他的繁忙在總理衙門
達到沸點，常常
還要加班至夜裡七、八點。

不要娛樂、不要休閒，
甚至不要家庭生活；
雙目緊盯本本，
周而復始地見縫就插上一針，
如此這般，快到中年時，
他就累死了。

知禮的車夫

在中國，連車夫都知道，「您的妻子好嗎？」
是一句極不禮貌的問話，
甚至是對他人人格的侮辱。
車夫不僅懂得，還是「知與行」的楷模。

一天，北京街頭發生的爭執便是證明：
有一對外國夫婦想同乘一輛騾車去旅遊。
車夫當場就表示強烈抗議，
認為這嚴重違反中國禮俗。

倘若趕著這樣的騾車，必遭路人謾罵，他說：
「你不在乎名聲，我還得保護我家人的名譽呢。」
那外國男人不停地對他解釋
並答應再加多一些工錢。

車夫堅決不聽，拒絕上路，寧肯不掙這錢。
因為他知道，金錢事小，失禮事大。
最後，那對外國夫婦只好放棄了
這「無禮的」要求，分別改乘二輛騾車起程。

舉　止

　　快步不合禮儀
　　奔跑更是墮落
　　跳舞是神經病
　　漫遊蕩起邪惡
　　那就踱著方步
　　訓練你的穩重

節儉二事

Arthur Smith 寫了許多有關中國人節儉的事，在此僅錄二條以作備案：

在中國，處處可聽到成群的獨輪車發出奇特的吱吱嘎嘎聲響，實際上，這完全是由於缺少那麼幾滴潤滑油導致的，加上幾滴，響聲就消失了。然而，這一情景從未出現過，因為對那些「麻木」的中國人來說，吱吱作響比那幾滴油更便宜。

有這樣一位老婦人，她獨自一人在路上慢吞吞地、極其痛苦地向前挪動著，路人一打聽，才知道她正在忍著病痛前往至親的一個人家裡，以便死了以後就在附近的祖墳上安葬，從而就把用於雇請他人抬棺材的那筆費用給節省下來。

燈　下

每每看到豐子愷的圖畫
草草杯盤供語笑，昏昏燈火話平生[1]
我就會想到晚清那更和平的暗夜
遙遠的襲人的寂寥呀

恍若隔世，一盞豆油燈放於桌前
兩屋間的牆洞裡蹲著一隻貓
冬夜飲酒圖正徐徐展開……
是的，我也看到了別的，此時：

家人在燈下做活（不外針線、紡織）
老人爬到暖和的炕上吸煙，
孩子們累了，已經睡去
讀書人讀著古書，裹起厚厚的棉被

注釋
1. 這兩句話出自王荊公（王安石）〈示長安君〉詩，全詩為：

少年離別意非輕，老去相逢亦愴情。
草草杯盤供笑語，昏昏燈火話平生。
自憐湖海三年隔，又作塵沙萬里行。
欲問後期何日是，寄書應見雁南征。

驚　蟄

今夜偏知春氣暖，

蟲聲新透綠窗紗。

——〔唐〕劉方平

在山東龐莊的一個特殊日子的清晨
幾隻蒼蠅停留在早春的窗框上
Arthur Smith 在房間裡看著
覺得很奇怪，也很激動
幾個月都沒見蒼蠅了
（嚴冬已將其凍死，未足奇）
這小小昆蟲的來臨
讓他突然產生了一個靈感
——趕快翻開大清帝國的曆書
哦，原來這特殊的一天是「驚蟄」

恭維對方貶低自己的對話模式

夫禮者，自卑而尊人。（《禮記》）

且看如下：

甲：請問您貴姓？

乙：兄弟免貴姓王。

甲：哥哥高壽幾何？

乙：馬齒徒長五十歲。

甲：府上何處？

乙：寒舍在東便門草市街25號。

甲：令郎在何處高就？

乙：犬子在電報局公幹。

神　樹

山西太原有一株古刺槐樹

樹齡已有幾百年

可當地人還嫌它不夠老

非要說它高壽四千多歲了

從堯舜時代活到今天

這株大清帝國的神樹

近觀可見其渾身疤瘤，本色愴然

整個樹身並不委曲

任人釘滿大小各異的牌匾

上書：「感謝賜福」

「感謝妙手回春」

「保佑吾兒安康」

「有求必應」等等。

遠觀卻像一個偉岸的乞丐

全身披掛著裙裾般的爛布條，

隨風之變，發出不同的聲音

一會兒沉悶如雷，

似一個老人臨死前的咆哮；

一會兒尖厲刺耳，
似一個女人在墳邊叫魂。
其中一塊大布條尤其醒目
上面畫了兩隻巨型眼睛
那意思是感謝神樹治好了你的眼病

面部毛髮問題

他的左頰和下巴各長了一粒黑痣
四五根長長的黑毛從黑痣裡冒了出來
只要有閑功夫，他就會用姆指和食指
或食指與中指細心地輕拉與爬梳這幾根黑毛
他感到愜意，這黑毛總算是鬍鬚呀
雖然稀拉，聊勝於無的道理，他還是懂的
而且他那潦草稀疏的眉毛邊上
還各自鑽出三根二寸長的壽眉呢，
只是更細些、軟些，無力地垂下
風吹起來有點彆扭，而且毛是白色的。

辮　子

洋人不懂，叫它pigtail
而我們懂得它的美與莊重，
因此對其備加呵護、精心修飾

有時，我們會添一些馬鬃或生絲
讓辮子變得愈加飽滿粗壯；
有時，我們又把它盤至頭頂
再戴一頂清潔的帽子，以避灰塵侵襲

每時每刻，我們都會將辮子紮得緊湊
末端繫一條雅致的黑絲帶；
須知：蓬鬆的辮子不僅不合禮儀
更可怕的是當場會被人指定為無賴

如果你哪怕走在塵土飛揚的路上
也要將盤至頭頂的辮子趕快筆直地垂下
因為你的朋友正迎面而來，
否則，他將視你是一個不正派的人。

如果你是一個僕人
那你就得任何時候不能盤起辮子
你若以這般形象出現在主人面前
就是大不敬，幾近半裸見人。

但也有特殊時刻，如父母去世
你當然應該披頭散髮，以致孝禮
一百天內都要停止梳頭，甚至不洗臉。

剪辮傳說及處方

孔飛力[1]寫過一本書《叫魂》
內容是1768年發生在中國的妖術大恐慌
慌什麼，就是慌辮子被無中生有地剪掉。
此詩不談此書，因剪辮傳說幾乎年年都有。
（注意：它只是一個傳說，近似癡人說夢）

1876年，剪辮傳說，說得依然如同真的一樣，
一時人心惶惶不可終日。如下是美國駐華
外交官何天爵[2]親耳聽說的事情：

一、傳說某中國人正走在大街上時，自己的辮子突然掉在
地上，接著不翼而飛，消失得無影無蹤，而當時他身邊並
沒有任何人；二、傳說另一位中國人抬起手想縮起自己的
辮子時，卻發現它早已不在其位；三、傳說又有一位中國
人突然感到自己的後腦勺上一陣冰涼，接著發現原來是辮
子與他的頭分了家；四、傳說在大街上某人與另外一名陌
生人談得正起勁時，陌生人突然不見了，而自己的辮子也
隨陌生人而去；五、傳說又有一位中國人看了某個外國人
的小孩一眼，而當那孩子牢牢地瞪著這位中國人時，中國人
立刻發現自己的辮子不見了，只留下一股頭髮燒焦的氣味。

這些道聽塗說的傳說搞得何天爵心驚又心煩
他知道要去解釋這些謠傳絕對徒勞。
此時他選擇了沉默是金的策略，
僅睜大他的眼睛、豎起他的驢耳
（抱歉：中國人當時就是這樣形容西人的耳朵）
四處察看並傾聽「傳說」的各種細節與進展。
令他百思不得其解的是他從未見一個中國人
失去辮子，卻到處看見官府發布的通告
及保護辮子的特效處方。
何天爵照單一一抄下，以作日後笑談；
如今我轉錄過來，僅博大家看一個新鮮：

有一種通告提供的處方是，要求人們將紅色和黃色兩種顏
色的絲線與頭髮編在一起；另一種布告開的處方是，讓人
們內服某種藥；還有一張布告也開了一個處方，不過它規
定把一副藥的一半吞進肚裡的同時，另一半要撒進廚房的
爐火中。

順天府尹在1877年1月發布了一個處方，其內容至今我仍
然記得清清楚楚。他提出可以將一個交織的漢字圖形，
即把某三個漢字按一定的方式交纏連結地寫在一起，再
用墨汁將其形狀寫在三張大小固定、特製的正方形黃裱紙
上，然後將其中的一張燒掉，把紙灰小心地收集起來，
浸在一杯茶水中喝掉；第二張紙一定要編在自己的辮子

中；第三張要貼在大門朝外一面的正當中。採取以上的安全措施之後，府尹向其臣民信誓旦旦地保證說，大家現在可以高枕無憂了，再也不用懼怕那些日夜到處遊蕩的凶神惡煞。……府尹的這一處方被稱為是「神通廣大，萬無一失的辮子保護神」。

注釋

1. 孔飛力（Philip A .Kuhn, 1933- ），美國著名中國學家、哈佛大學希根森歷史講座教授、東亞文明與語言系主任，以研究晚清以來的中國社會史、政治史著稱。

2. 何天爵（Holcombe Chester, 1844-1912），美國傳教士，外交官。他1869年來華，在北京負責公理會所辦的教會學校，1871年辭去教會職務，先後任美國駐華使館翻譯、頭等參贊、署理公使等職。1895年出版《中國人本色》（*The Real Chinaman*）一書。

怪　事

一

一雙雙靴子掛在城門上
風流總被雨打風吹去
它們早已腐爛不堪了。

這是什麼意思？示眾？

那些離任清官穿過的靴子
——人民將其高懸

二

演員、僕役、理髮匠、跑堂、主持喪葬者……
這些人的兒子連續四代不許參加科舉考試。
有人不服，劈頭問：
為何廚師和修腳師的兒子可以參加？

又有人答曰：
僕役、跑堂，一天到晚跑前跑後

最不堪的是他必須站著伺候主人；
理髮匠倒楣也倒在他只能是站著服務。
而廚師不跑，沒有你們下賤；
修腳師是坐著工作，不用站著。

三

中國商人也很怪，他們會因為
一分錢的千分之一與一位同行爭吵一天。
為兩斤白菜、一個凍僵的煮紅薯、一根黃瓜
與賣家進行一場天昏地暗的決鬥，
最後砍價下來，不過是三分錢的利益。

四

「大人見虎，往見神明。」（《易經》）
這句「怪話」是什麼意思呢？
我想起了另一句怪話：
「中國人是哲學家，而不是數學家。」[1]

注釋

1.1986年10月，我曾在《在清朝》一詩中說過類似的話：「哲學如雨，
科學不能適應。」後讀明恩溥（Arthur Smith）《中國鄉村生活》
（*Village Life in China*，時事出版社，1998年版），在第101
頁第二段末尾，再次遇到類似的話：「確實，在中國，一個人的學問愈
大，他在環境中謀求生存的數學能力就愈弱。」

苦力的收支

收入：苦力每天只掙5—10分錢，
靠這點錢來養活一家（至少五口人）。
開支：木炭，一文錢；
米或麵，兩文錢；
青菜，一文錢；
偶爾花一文錢，買點菜油或醬油；
遇過大節，再花一文錢，買一湯匙水酒
回家後急拌熱飯吞下。

在山西

在山西，我們會看到安詳的色彩：
白色的教堂、紅色的寺廟、小小的學校、寶塔和石窟
福音嫋嫋、煤油嫋嫋、香煙嫋嫋⋯⋯

西方三寶並無不妥。哦，鄉村，你聽：
農民一邊收割小麥，一邊在正午濃睡；鼾聲
伴著織布機的響聲，寂靜的藍布在戶外正一匹匹晾乾。

黃昏時，起風了，農人們又開始在風景畫中揚麥；
不遠處，辯論也開始了；幾個秀才
向傳教士提出一連串尖銳的問題⋯⋯

「派出強者！」傳教士嚴峻地抬起頭
向天空，向他遙遠的祖國發出呼籲：
「回答他們的問題。讓英國的高級教士來中國！」

在四川

在四川，我們坐轎子，從不走路
鍛鍊只是在傍晚提著鳥籠漫遊
或坐在廊橋邊飲酒
或在蔭涼的室內用毛筆練習寫字的藝術。

河水便宜，冰冷的岷江
穿過黑色的樹叢與竹林，在都江堰發出閃光
到處是稻穀、油菜和蠶豆呀
到處是蹲著[1]抽煙的人、蹲著吃飯的人

在泥土裡拱嘴的豬，不關心
慢吞吞走著的脫毛的狗，不關心
田邊冒泡的大糞坑，更不關心
看，那邊有一個讀書人，頭伏在書上睡了。

注釋

1. 中國古人（唐時）席地而坐，後改為坐椅子，日本人至今仍繼承了吾國唐人席地而坐的傳統（出自胡適在香港一次演說時的觀點）。至於中國人何時開始蹲著，並無從考，從此詩可見，至少晚清時，人們便習慣蹲著了。後來漢人好蹲著的形象被西洋人注意了，他們認為一個人蹲著的形象很怪，對此極不適應。在香港，人們一見蹲著者，便知是從大陸來

的人。寫完這個注釋不久，又讀到另外不同的解說，三思之後，決定抄來如下，讀者可作一個對比：

　　過去，中國人像今天的日本人那樣總是盤腿而坐。從唐朝開始，中國人喜歡坐扶手椅了。可滿族人來自大草原，他們習慣在帳篷裡席地而坐，所以又恢復了老習慣。（〔法〕佩雷菲特：《停滯的帝國──兩個世界的撞擊》，三聯書店，1993，第173頁。）

不相及

當陳季同¹說：「《詩經》，
我們以為那就是中國報業的起源。」

當曾樸²發起文學狂，撼動了北方的白楊
「暗塵隨馬去，明月逐人來。」

穿草鞋的警察面相和善、無精打采，
但他不知道。

豆油燈映照下的科學家在用體溫孵小雞，
他也不知道。

教會學校的女生以一種園林般的魅力歌唱，
她們更不知道。

如是，秋天，我會送你一盞橘燈
當你手執團扇，正忙著讓腳死掉。

注釋

1. 陳季同（1851-1907），清末外交官。字敬如，一作鏡如，號三乘槎
   客，西文名Tcheng ki-tong（Chean Ki Tong），福建侯官（今屬福
   州）人。早年入福州船政局，後去法國學習法學、政治學，歷任中國駐
   法、德、意公使館參贊，劉銘傳赴臺灣幕僚、副將，曾建議組織「臺灣
   民主國」，任「外務大臣」，失敗後內渡大陸。

2. 曾樸（1872-1935），中國清末民初小說家，出版家。家譜載名為朴
   華，初字太樸，改字孟樸，又字小木、籀齋，號銘珊，筆名東亞病夫。
   江蘇常熟人，出身於官僚地主家庭。近代文學家、出版家，《孽海花》
   為其聞世之作。

說　膽

一

病因不外兩種：受寒與受熱

藥物和食物也不外兩類：涼性與熱性。

若一個人發燒，他就啃堅如鐵石的生梨

但決不會喝牛奶，

因牛奶屬熱性，會躁動病人的火氣。

英國傳教士麥高溫[1]

請來一位中國醫生為其傭人治病；

在醫生進行了左右手腕診脈之後，

麥高溫問：那麼，此刻，你檢查的結果如何？

醫生說：我發現他的肝膽受了寒，因此引起發燒。

接下來二人談論起了膽

醫生沉思著說：有些男人的膽很小，有些則很大。

「你認為哪一種膽對人更好呢？」

「那些小的，絕對是小的好，這一點，

千真萬確，我的膽就十分小。」

二

眾人皆知，中國有一種「無畏」藥

它就取自江洋大盜的膽囊。

劊子手在處死大盜後

會掏出大盜的膽，賣給「膽小」之人；

此舉既可治他者之「病」，還可增加自我的收入。

注釋

1.麥高溫(J. Macgowan，？-1922)，英國倫敦會傳教士，1860年來華，
先後在上海、廈門傳教。他精通漢學，著有《中華帝國史》、《中國人
生活的明與暗》、《廈門方言英漢詞典》、《華南寫實》、《華南生活
雜聞》等書。

儒教說

儒教說：「尊崇君王並效忠它」
基督說：「敬畏上帝並服從它」
這裡不談上帝，因中國沒有教堂，只有學校
學校即教堂。在那裡
我們念念有詞，宛如莊嚴的歌唱
——興於詩、立於禮、成於樂。
在中國，孔子早就教會我們何為忠誠之道

我們的精神是一種心境，它隨遇而安
在家庭教堂裡，我們以《孝經》開篇
沒有激情，因激情屬於宗教
從不傷感，因傷感屬於色情
我們這些世世代代膽小且不怕痛的良民呀
雖驚恐於風景中的戀愛
卻也歡喜楊柳樹下鬧哄哄的生活

與辜鴻銘對話

「如車夫坐車，學者拉車，這社會還成其為社會嗎？」
那就順水推舟吧，婚姻便是行周公之禮。

「你們喜歡機關槍，你們也將被機關槍判決。」
我們坐在狹窄的長條板凳上，消磨著無窮的光景。

「中國人是長不大的兒童，只過心靈的生活。」
推推擠擠敲鑼打鼓。在孤獨中死去我們會盡失面子。

「漢語是一門孩童的語言。」
學習即朗誦，孩子們在嘶吼的衝突中長大成人。

「中國男人信奉忠誠教，中國女人遵守無我教。」
驢叫、狗叫、公雞叫，我們甚至可以玩站著睡覺。

「若不忠不孝，你就不是一個真正的中國人了。」
清明，我們掃墓，任時光在美食與歡聲笑語中流逝。

「日本人的禮貌是一朵沒有芳香的花。」
剃頭匠當街翻起顧客的眼皮刮一下、耳廓也刮一下。

「政治在歐洲是一種科學，在中國是一種宗教。」
寧波商人身穿藍色長袍，頗有古典文學家的風雅呢。

「良民宗教是中國應輸入西方的瑰寶。」摩肩接踵吧
因為中國人的眼淚不僅熱鬧也最讓人感動悲傷。

注釋

1. 辜鴻銘（1857-1928），名辜湯生，鴻銘是他的字，號立誠。祖籍福建同安，生於南洋英屬馬來西亞檳榔島。學貫中西，人稱「清末怪傑」，是滿清時代精通西洋科學、語言兼及東方華學的中國第一人。他翻譯了中國「四書」中的三部——《論語》、《中庸》、《大學》，著有《中國的牛津運動》（原名《清流傳》）和《中國人的精神》（原名《春秋大義》）等英文書，向西方人宣傳東方的文化和精神，產生了重大影響。

清廷財神赫德及其團隊

1898年，羅伯特・赫德[1]，這位清朝海關總稅務司
已為帝國提供了全部財政收入的三分之一資金。
「可憐的中國官員，至今尚在昏睡。」
「我擔心我們在修補一口裂了縫的鍋。」
赫德邊工作，邊抱怨，邊望遠，邊聽音樂。

這位出身貧寒的小個子愛爾蘭人創造了一個奇蹟。
在他統帥的海關，中國人只能做謄寫員或僕役
最多也就是擔任普通會計或低級職員。
他的核心團隊，甚至中下級管理層皆由外國人組成；
且看如下國籍分布，讀罷，莫不令人沉思、低徊：

英國人152名，德國人38名，日本人32名，
法國人31名，美國人15名，俄國人14名，
意大利人9名，葡萄牙人7名，挪威人6名，
丹麥人6名，荷蘭人5名，比利時人5名，
瑞典人4名，西班牙人3名，朝鮮人1名。

注釋

1. 羅伯特・赫德（Robert Hart, 1835-1911），英國人，生於北愛爾蘭，1854年來華；1859年參加中國海關工作，任廣州粵海關副稅務司；1861年在上海擔任海關總稅務司；1863年擔任海關總稅務司；1864年赫德加按察使銜，成為清朝正三品大員；1869年晉升布政使，官階從二品。1911年9月，赫德病死於英國白金漢郡，清廷追授他為太子太保。

我愛你，中國

我是一個很年輕的英國人。中國？
是的，我的海關生活使我愛上了你。

我有一位漢語老師，他那根銀髮辮子
梳理得仙氣襲人，我撥出一間房給他住，
每月按時付給他5英鎊的工資。

我有一個23歲的男僕，他是全能的，
集洗衣工、勤雜工、搬運工於一身；
他還會補衣服、釘紐扣，月薪5美元。

我有兩個苦力。他們的任務是清掃庭院，
替我把浴缸放滿水，幫我洗澡（搓背），
然後再把我背到安樂椅上。哦，對了，

我還有馬夫和漂亮的馬匹，以及伙夫。
總之，我的傭人整日圍著我轉。
我每月花銷不過區區18～20英鎊；

這其中還包括，每天層出不窮的果酒、啤酒
蔬菜、肉類、海鮮、水果……
這樣的生活，每當我優遊時，都會沉入

對東方的幻美，吟上二句波德萊爾的詩歌：
「那裡，全是秩序、美、奢華、平靜和享樂。」[1]
哦，請允許我再說一遍吧：我愛你，中國。

注釋

1. 這句詩歌出自波德萊爾《邀遊》（見後，戴望舒譯），全詩具有濃郁的
東方主義色彩，——這也為我們提供了一個文本佐證，東方主義之說，並
非從薩義德開始：

孩子啊，妹妹，
想想多甜美
到那邊去一起生活！
逍遙地相戀，
相戀又長眠
在和你相似的家國！
濕太陽高懸
在雲翳的天
在我的心靈裡橫生
神祕的嬌媚，
卻如隔眼淚
耀著你精靈的眼睛。

那裡，一起只是整齊和美，
豪侈，平靜和那歡樂迷醉。

陳設盡輝煌，
　給年歲研光，
裝飾著我們的臥房，
　珍奇的花卉
　把它們香味
和入依微的琥珀香，
　華麗的藻井，
　深湛的明鏡，
東方的那璀璨豪華，
　一切向心靈
　祕密地訴陳
它們溫和的家鄉話。

那裡，一切只是整齊和美，
豪侈，平靜和那歡樂迷醉。

　看，在運河內
　船舶在沉睡——
它們的情性愛流浪；
　為了要使你
　百事都如意，
它們才從海角來航。
　西下夕陽明，
　把朱玉黃金
籠罩住運河和田隴
　和整個城鎮；
　世界睡沉沉
在一片暖熱的光中。

那裡，一切只是整齊和美，
豪侈，平靜和那歡樂迷醉。

伯　駕[1]

曾幾何時，基督穿上科學的外衣來到帝國
天文就是那顆黑夜中的星辰呀，多年前吾皇
在湯若望[2]及南懷仁[3]的望遠鏡中見過。
後來，美國牧師伯駕來了，他決定放棄星象學、
幾何學，甚至康熙[4]歡喜過的地球測繪。
「傳播福音的第一步，是對帝國進行醫學啟蒙。」
治好一個病人就等於割除一條迷信，
借醫術為入世之媒，醫學是最有力的傳教途徑。

突破從眼睛開始。僅僅三個月，伯駕的眼科醫院
在廣州大捷。900多人被治癒，從摘除白內障
到切除腫瘤和膿包。伯駕忙得不亦樂乎。
如下一節是伯駕的現身說法：
當時我正打算下班，看見一個中國人牽著
他的女兒，遲遲疑疑地走進醫院門。
乍一看去，他的女兒像長了兩個腦袋。
太陽穴上隆起一個巨大肉包，
一直垂掛到下頜。一張臉悲慘地變了形。

伯駕立即手術。8分鐘後，這個巨型肉瘤（直徑
16寸，重1.25磅）便被切割，18天後痊癒出院。
接下來，伯駕迎來了更大的一場勝利。依然是在
廣州，他為一言九鼎又含著難言之隱的林則徐欽差
綁紮了「害羞的」疝氣帶，林欽差的疝氣終被治癒。
當此鴉片戰爭的前夜，疝氣帶遞上了和平的一筆。

日月如梭……面對治病救人的成功，伯駕反陷入
絕望：「我已不再奢望有本事拯救這些人的靈魂了。」
不久，伯駕便拋棄了傳教事業，出任美國駐華公使。
1856年，他甚至還敦促美國政府佔據臺灣
以期抗衡佔據香港和新加坡的英國。

注釋
1.伯駕（Peter Parker, 1804-1888），亦譯作巴駕或派克。美國傳教
士、醫生兼外交官、博濟醫院的創辦人。
2.湯若望（Johann Adam Schall von Bell, 1592-1666），原名
亞當‧沙爾，德國科隆的日爾曼人。在科隆有故居，有雕像。在意大利
耶穌會檔案館有他大量資料。在中國生活47年，歷經明、闖王、清等三
個朝代。安葬於北京利馬竇墓旁。雍正朝封為「光祿大夫」，官至一品
（一級正品）。
3.南懷仁（Ferdinand Verbiest, 1623-1688），字敦伯，又字勛
卿，1641年9月29日入耶穌會，1658年來華，是清初最有影響的來華傳
教士之一，為近代西方科學知識在中國的傳播做出了重要貢獻，他是康
熙皇帝的科學啟蒙老師，精通天文曆法、擅長鑄炮，是當時國家天文臺
（欽天監）業務上的最高負責人，官至工部侍郎，正二品。著有《康熙
永年曆法》、《坤輿圖說》、《西方要記》。

4康熙（1654-1722），即愛新覺羅・玄燁，清聖祖仁皇帝，清第四位皇
帝。康熙是他的年號，他是中國歷史上在位時間最長的君主。

丁韙良[1]的痛苦

我真想加速黎明破曉。加速同文館（第一所洋務學堂，
中國大學的雛形）「從螢火蟲變成一座發電站」。
如是，千百萬中國學子，才會廢掉古文，向科學進軍。

是的，我，丁韙良——來自美國的傳教士——同文館
館長，決心由赫德供油（出錢），自己來點燈（辦學）
算學、機械、光學、電學、化學、地理……
外語則是一切科目的龍頭。但士大夫群起而攻之：
立國之道本禮義，而非強權，人心為重，絕非技藝。

黎明正步步逼進。這天丁韙良拿出兩套從美國買來的
電報裝置公諸於眾。高官們那天上午真玩得歡樂呢。
摸摸這台摩爾斯電碼系統，敲敲那台字母標度盤。噫！
發送鐘聲訊號。再把電線纏在鐘上，斷開或閉合電路
電火花跳躍，鐘擺不停地擺動，他們高興得大笑。

接著，眾人一哄而散，無任何人對其工作原理感興趣。
這電報裝置若一堆廢鐵或一截朽木被扔進學校保管室。
面對這逝去的電火花，士大夫後來皆嗤之以鼻，罵道
「淫技巧器也，非禮勿視。子不語怪力亂神。」

我們命運的微積分呀，除了痛苦，還是痛苦。看吧！

有何進步可言，我們又蹲下去了。讓它去？我22歲
來華時帶去的希臘文物理學及加爾文派教義呀，都是
幻覺，該得的得不到，該刪的刪不掉，黎明在黑夜中。

注釋

1.丁韙良（William Alexander Parsons Martin，1827-1916）美
  國基督教長老會傳教士。字冠西，號惠三。1846年畢業於印第安納州大
  學，入新奧爾巴尼長老會神學院研究神學。1849年被按立為長老會牧
  師。1850-1860年在中國寧波傳教。由於他熟諳漢語，善操方言，1858
  年中美談判期間，曾任美國公使列衛廉譯員，參與起草《天津條約》。

夜上海

光緒季年，上海城夜色濃得化不開
風雅者懸燈謎於市，乘機遣興；
小孩結隊成群，走街串巷
狂呼「阿利阿利」；
江湖郎中以金葉合藥包病人屁股
美其名曰：療傷。
西婦豈甘寂寞，創設天足會。
而馬上侯酒店該當何意？

封侯之吉兆也。韻事踵興——
海上茶坊煙館紛至沓來
一壺春、錦繡萬花樓、綺園、風生一嘯樓；
硯池筆架小江山
看客不睹崑曲，戲稱為車前子，利小便；
康姆潑奈（company）更唱起肥喏
當此「試燈夜初晴」
惟那五湖倦客獨釣醒醒。[1]

注釋

1.「五湖倦客獨釣醒醒」，語出吳文英詞〈八聲甘州〉：

　　渺空煙、四遠是何年，青天墜長星？幻蒼崖雲樹，名娃金屋，
殘霸宮城。箭徑酸風射眼，膩水染花腥。時靸雙鴛響，廊葉秋聲。
　　宮裡吳王沉醉，倩五湖倦客，獨釣醒醒。問蒼波無語，華髮奈
山青。水涵空、闌干高處，送亂鴉斜日落漁汀。連呼酒，上琴台
去，秋與雲平。

海上四大金剛之林黛玉獨佔五貢

光緒中，李伯元創《遊戲報》[1]
首開花榜，總持風月。
一時間，
眾校書若春蘭秋菊各表一枝，
品花人分別媸妍，較量肥瘠。

旋即榜出，林黛玉獨佔五貢
力壓陸蘭芬、金小寶、張書玉三金剛
恩、拔、副、歲、優，盡入囊中
且細列如下：
恩貢榜出自林為江西肥人朱八所包；
拔貢榜揭林出身寒微，由大姐提拔；
林喜好屢嫁屢出，當為副貢榜；
經年歷月，如今林以多病之軀，
早就歇牌，歲貢得給衣頂焉；
林還姘伶人趙某，明目張膽，
打入優貢之選。

此榜桂冠已定，但議論蜂起，

其餘不說，連混跡申江並無行業之

美國人雅脫也致書《遊戲報》

以表不滿，云：「醜者多列前茅，

美者反置後列，甚不公允，何以顛倒如此？」

注釋

1. 李伯元（1867-1906），名寶嘉，別號南亭亭長，作家，報人，江蘇常州人。1897年，李伯元在上海創辦《指南報》，以此揭露時弊，勸善懲惡。不久改辦《遊戲報》，後又改為《繁華報》，並受商務印書館之聘，編輯出版《繡像小說》半月刊。他是晚清上海小報的創始人，魯迅說他所辦報紙「為俳諧嘲罵之文」，「記注倡優起居」（《中國小說史略》）。

小 趣

一

蘇州人將「尺工」說成「插空」
音相近卻意不變：
尺工或插空，皆為事之不成或已敗壞。

二

某人問一老翁高壽幾何？
翁笑曰：螺螄三年。
其意為：歲數活到六十六，
卵頭子縮來像螺螄肉。

三

陝西某大少前節在王寶釵處
擺酒碰和叫局，欠帳
三百八十四元之多，連卜腳亦未付。

四

南京某監生，面貌嬌好，一日
忽語人曰：昨夢鱔出胯下。

五

天下之勢利，莫過於和尚
名剎金山寺概不例外。
富人進，僧足恭曰：請房裡坐。
請泡我的茶。
窮人進，僧良久讓曰：坐。
茶。

六

南方婦女用團扇，妓家用摺扇。
後來，士農工商、貴賤貧富，皆手執一柄也。

七

煙有洋煙、鼻煙、潮煙、水煙、蚊煙
最上乘之阿芙蓉煙為清膏
色融如酥，對火燒之，青煙嫋嫋

晚清人，個個吸煙

連酒保、菜傭都吸來了六朝煙水氣。

八

男人嫖妓之名目：

茶圍、帶局、擺酒、放差、留香、住底

婦人入廟，亦作如是觀：

燒香即茶圍；施食即帶局；

拜懺、寫緣即擺酒、放差；

寄幹兒、血盆會、還受生經，

則為留香、住底也。

秋石：小便備忘錄

恆見藥肆，於每年秋季遣伙四出，分往街頭巷尾，撿擇積年陳尿缸，刮取尿垢，攜歸店中，按照古法製煉，名曰「秋石」，巨價出售。更有「童便」、「人中白」兩項，均為藥中必需之品，亦可見小便之值錢矣。然人肯出巨價買人小便，斷無因欲小便而先自出鉅款者，有之，自嘉興某甲始。緣甲初來上海，行至四馬路棋盤街轉角處，因欲解手，友人告以租界章程，須拉進捕房，罰洋二角。其人曰：「洋錢事小，顏面攸關，然尿脹腹中，急不能禁，奈何？」友代躊躇，良久忽生一計，謂甲曰：「君如不吝，此處棋盤街么二堂子極多，但進去喚一移茶，便可任君解手也。」甲韙其言，入某妓院喚移茶畢，起身作欲行狀。於是娘姨大姐急忙攔住，驚問欲行之故，甲曰：「立欲小解，急不能待。」娘姨曰：「大少何不早說？我家小姐盡有馬桶，足可解手。」於是領甲入房內，坐馬桶解手畢，緩緩以歸，互相笑述，謂今日一場小便，值洋兩元云。

（陳無我：《老上海三十年見聞錄》，上海書店出版社，1997，第263-264頁）

抄倉山舊主《酒話》十四條

一、不可不飲，分其目十：花前、月下、聽雨、遊山、看新綠、惜殘紅、山樓對雪、水閣臨風、知己談心、詩人聯句。

二、不得不飲，分其目八：新醅熟、故人來、名妓持杯、新郎勸飲、寒夜無聊、客中默坐、水亭避暑、湖舫尋春。

三、少飲勝多飲，分其目六：良辰美景、賞心樂事、他鄉話舊、旅店消閒、名優演佳劇、俊童歌妙曲。

四、雖飲如不飲，分其目六：公宴、素宴、春社散福、親朋和事、主人無醉客意、座中乏善飲人。

五、飲之快意，分其目六：老親上壽、久客還家、功名稱心、暮年得子、閨中妻妾無妒容、歲終事務皆如意。

六、飲之乏趣，分其目六：主人懼內、座有腐儒、生客滿座、俗人闖席、嚴父師拘束、正衣冠默坐。

七、飲之助興，分其目六：聽清音、歌新曲、器皿古雅、烹調精良、美酒溫涼適宜、佳品及時陳設。

八、飲之敗興，分其目四：聽鄰家啼哭聲、談座客失意事、座有好量被人邀去、雅興正豪杯中忽空。

九、飲不可有，分其目六：假道學、瞎文章、談時政、裝鬼腔、勢利子誇揚大老、灰炭人鋪張威勢。

十、飲時不可無，分其目八：雅令、快談、趣語、新文、海量主人、解事童僕、平生知己、得意吟懷。

十一、飲中高品，分其目四：不說家務事、絕談嫖賭經、當
飲即飲不留渣滓、觴政分明醉後弗亂。

十二、飲中下品，分其目六：打官話、說本行、好量作假、
抗令不遵、大肆貪饞、飽餐逃席。

十三、飲中清品，分其目四：歡飲弗苛、出令不惡、只飲交
九分不肯輸量、但說到得意便不多言。

十四、飲中濁品，分其目四：嚼殘魚肉吐席上、故犯酒令不
受罰、說酒話噴吐滿地、撒酒瘋沸反連天。

卷二

一九一〇年代

兩顆人頭

刑法是一門手藝，多姿而繁複
誰又敢高聲談論它？
腰斬、車裂、凌遲，
烹煮、宮刑、鋸割……
「俱往矣」……
今天我只說兩顆砍下的頭顱
一百年前怎樣在萬里江山奔走。

1911年深冬的一個晚間
重慶民軍李代表手提二個西藥水瓶
內置清朝重臣端方、端錦[1]人頭
（兩兄弟已在資州被正法）
登船東進。「輕舟已過萬重山」，
人頭抵武昌次日清晨
黎元洪[2]都督查驗後，
逞膽（他本有些膽小）高呼：
「滿奴該死！」
接下來，人頭遊街，萬民圍睹。

翌日，李代表又提頭赴寧

孫總統（他膽子大）

再次細查頭顱，驗明正身；

旋即，免示眾，

李代表攜頭再起程，抵上海

展覽於上海博物院，

一解上海人民急盼人頭之饑渴。

是的，砍下的頭

不是謠傳，是見證、是光榮，

在中國最宜於觀看；

這自古使然的習性

給予了我們一種過節的快樂

注釋

1. 端方（1861-1911）清末大臣，金石學家。滿洲正白旗人，托忒克氏，字午橋，號陶齋，謚忠敏。光緒八年舉人，入貲為員外郎，歷督湖廣、兩江、閩浙，宣統元年調直隸總督，旋坐事劾罷，宣統元年起為川漢、粵漢鐵路督辦，入川鎮壓保路運動，為起義新軍所殺。有《陶齋吉金錄》、《端忠敏公奏稿》等，端錦乃端方之弟。

2. 黎元洪（1864-1928）字宋卿，漢族，湖北黃陂人。1883年考入天津北洋水師學堂。1888年入海軍服役。1894年，參加中日甲午海戰。戰後投靠署理兩江總督張之洞。袁世凱死後，由副總統繼任總統。1922年，他在直系軍閥支持下復任總統。1928年6月3日，黎元洪因為腦溢血在天津去世。

殺

1912年5月20日
上海民權報刊登
如下短文（24字，
作者戴天仇，23歲）

熊希齡賣國，殺！
唐紹儀愚民，殺！
袁世凱專橫，殺！
章炳麟阿權，殺！

1912年8月8日《申報》告急

英人之於西藏
英人進兵拉薩
英人進兵片馬
俄人增兵喀什噶爾
俄人增兵洮南府
俄人增兵黑龍江省
俄兵侵入吉林
德人增兵青島
法人增兵龍州

而首當其衝的是：
大沽口建築炮臺問題
最為緊急

吳江宰食小孩案

連續月餘（2010年10月至11月），從清光緒二十一年到民國五年，讀到驚天凶案無數，如：

《雲南寧弭縣姑逼媳奸謀殺案》、《直隸少年殺婦食陰案》……案情殘慘、細節刮骨，我幾欲寫來，卻惟有罷筆、顫抖。今晨，終鼓起膽子，從眾案中選來一條，錄如下，以作銘心之記：

震澤鎮土豪顧蘭庭，（按：好一個風雅之名）為該鎮鄉董顧蓉庭之兄，顧氏昆季素以暴行著稱，於時顧蘭庭素有病疾，閨房之間恆以不克暢所欲為為恨，前據江湖醫生命其服紫河車可癒，已服過二天苦無大效，顧乃另覓奇方，特商之於本鎮秦老娘，詎該老娘年邁心毒，（按：最毒不過婦人心的老套又來了）竟勸顧食生人腦髓，並將全副人骨炙灰和入藥餌中服之，可以壯陽。顧信之，（按：中國人皆迷信，士農工商無一倖免）遂出洋三十元托該老娘向貧戶人家買得年未及周之男孩一口，偽稱顧將螟蛉為子。攜至家中，先不與乳，令其乾餓四晝夜，孩竟不死，呱呱而啼，顧無奈只得另出洋十二元命庖丁偕該老娘同往宰殺。該老娘乃攜孩之後門，邊袖出巨剪將孩陽物剪去即順勢向上直剪剖腹刳腸至咽喉為止，剋出五臟狼藉，滿地

血肉模糊，慘不忍睹。然後劈開頭骨將腦體置於盂內，僅似腐水少許，該老娘加鹽花一撮，令顧先食。一面將孩屍擱置鐵板上，以炭火焙炙令乾，刮去皮肉，將骨殖烤炙就枯研成細末，納入陳鴨腹中再將鴨煮熟，如法食之。當剖解孩體之時，血腥四溢，火炙枯骨又復奇臭異常，鄰里聞之皆為嘔吐，有好奇者前往觀看，該老娘尚敢申申效女嫛之詈，並有保衛團團丁二人站立門外驅逐閒人。（按：閒人乃看客也，中外一律。且並非中國獨有，俄羅斯也盛產，如是，契訶夫才說「所謂閒人，是在不自覺地專去聽別人說的話，專去看別人做的事。」）致人皆深抱不平，並恐聞此腥臭染上疾病，遂公同具訴於該鎮助理員周某，請其代孩申冤。不料周為顧氏私人，竟置若罔聞，現聞有一般公正紳商決意代為出場，赴吳江縣控訴，請立提此種奇凶極惡之怪物顧蘭庭、秦老娘等嚴加懲辦云。

（1916年5月23日上海《民國日報》）

總統是我的兒

1913年10月8日、9日、11日，連續三天
天津《大公報》刊載總統選舉之怪象若干，
現僅擇一條，如下：
初六日大總統選舉會異常糾葛……
尚有開頑笑之廢票六張，中有一票大書
——「我的兒」

日軍山東登陸記

大正三年，九月一日
渤海灣頭，霧沉沉、夜漸濃
我數艘巨艦正在投錨，那情景
有直壓山東全境之勢——
真是個「旭旗」不動艦船靜，
山東草木識威風。」

而來如疾風之戰士若石像聳立，
翹盼黎明、預備登陸。
破曉時分，登陸令下達
井上指揮官，山本、岸川、寺田分隊長
各就各位率領陸戰隊員，
於龍口南端之海濱登陸。

當時水淺，小艇無法抵岸，
性急的戰士早已躍入水中，
狀如飛蝗、分波而進；上陸畢，
整隊海濱，堂堂進行；
凡我所經，踏一步即耀我武

進一兵即展我力。我皇皇靈威
朗照山東全境，愉快誠無極也。

陸戰隊才抵宿舍，部署便齊整地鋪開
有人在建立無線電報，
有人在架設棧橋
有人正奔赴衛兵之責任，
有人正繼續搜索著地方河川
細節為王，豈有絲毫之遺漏？

而此時運兵船上滿載之陸軍
已分別移乘小舟冒雨在東海岸登陸
並向預定地點進發。
噫！地為山東齊國之故址
兵乃日本帝國之精銳，
勇氣勃勃，要氣吞青島也。

各軍登陸後分貼安民告示
為免地方人民畏懼之念
（因中國人見兵士便恐其橫暴
遇軍隊又恐其殘殺）。
很快，中國人不如先前那麼怕了，
而且，我軍所發之軍用鈔票
今已漸行於華人之間矣。

（改寫於1914年9月23日上海《申報》所譯大阪《朝日報》之新聞）

注釋

1.「旭旗」，即日本國旗，也稱為「太陽旗」，旗面上一輪紅日居中，輝映白色旗面，中國民間所謂「膏藥旗」是也。

黃克強[1]之死

1916年入夏以來至年尾
陳英士[2]死（被刺）
袁世凱[3]死（尿毒）
蔡松坡[4]死（喉疾）

以上略說，如下
專敘黃克強之死：
雙十節那一天，
他在上海的庭園漫步
突然嘔血升餘
旋即暈倒

十月二十九日，他
喉間失聲、坐臥不能；
三十日深夜二時至四時，
他肝脹胃破
全身皮膚陡發黃色
遂昏睡而去
並無遺囑，也無痛苦。

注釋

1. 黃克強（1874-1916），即黃興，克強是他的字，原名軫，改名興，字克強，一字廑午，號慶午、競武。革命時期化名李有慶、張守正、岡本、今村長藏。漢族，湖南省長沙府善化縣高塘鄉（今長沙縣黃興鎮涼塘）人。中華民國開國元勛；辛亥革命時期，以字黃克強聞名當時，與孫中山常被時人以「孫黃」並稱。1916年10月31日，黃興於上海去世。1917年4月15日，受民國元老尊以國葬於湖南長沙岳麓山。著作有《黃克強先生全集》、《黃興集》、《黃興未刊電稿》及《黃克強先生書翰墨績》刊行。

2. 陳英士（1878-1916），即陳其美，英士是他的字，浙江吳興人。陳英士是近代民主革命志士，青幫代表人物，於辛亥革命初期與黃興同為孫中山的左右股肱。弟陳其采，字藹士。兄陳其業，字勤士（陳果夫、陳立夫的父親）。陳其美與蔣介石關係密切，為蔣介石拜把之兄，將蔣介石引薦於孫中山。1916年5月18日，受袁世凱指使的張宗昌派出程國瑞，假借簽約援助討袁經費，於日本人上田純三郎寓所中將陳其美當場槍殺。陳其美遇刺後，孫中山高度讚揚陳英士是「革命首功之臣」。

3. 袁世凱（1859-1916），字慰亭（又作慰庭），號容庵，漢族，河南項城人，是中國近代史上著名的政治家、軍事家。曾是北洋軍閥的領導人，在辛亥革命後當選為中華民國第一任大總統，在位期間積極發展實業，統一幣制，維持了中國對蒙古和西藏的主權。建立中國第一支近代化新式陸軍（新軍），創立近代化司法和教育制度。開始主張建強國、創建強大的中央政府等，但後來在楊度等立憲人士的慫恿下復辟稱帝，最終以失敗收場。

4. 蔡松坡（1882-1916），即蔡鍔，原名艮寅，字松坡，漢族，湖南寶慶（即今邵陽市）人。遺著被編為《蔡松坡集》。蔡鍔曾經響應辛亥革命，發動反對袁世凱洪憲帝制的護國戰爭，是中華民國初年的傑出軍事領袖。

立志不嫁會

1916年冬，江陰西門外
某女校八名女生
成立祕密幫會
──「立志不嫁會」

寂寞小事，因在江陰
專記一筆。

怪法治病一則

1918，閩省出現痘疫，醫藥學會即刊布除痘方法：
以鴿蛋浸小便中，一周後取出，洗淨煮而食之。

戴笠[1]與胡宗南[2]

1919年，戴笠以第二名的成績考上衢州師範學校，
但他無心成為一名小學教師；他只想離開他世代
居住的江山縣，那樹蔭稀疏的村莊。生活一定在
遠方吧！那時，他經常漫遊在錢塘江上下游，從
衢州至金華以及杭州寧波一帶；偷竊、賭博、跑腿
或打短工⋯⋯這個本可以成為一名小學教師的青年，
一天在杭州結識了一個真正的小學教師——
胡宗南。二人一見如故，恰如Yeh在其書
*The Alienated Academy*中所說：「當時中國的師範
學校注重中文、文學和歷史，而不像北大清華那類
西方化的精英大學一樣強調英文和數學。胡、戴
如此談得來，足以反映師範學校培養出來的青年的
共同特點。」為此，魏斐德[3]亦說：「胡和戴都
受過做小學教師的教育，都不自覺地具有流氓知識
分子特有的自負（按：這自負出自兄弟結拜及文人
科舉考試之儀式），認為自己命運重大而洪福非淺，
充滿著傳統文人的自傲，並在不同程度上相信
顧炎武[4]的匹夫有責論；自以為是，野心勃勃，
狂妄地以天下為己任。⋯⋯因此他們更願意採用
搞革命組織或軍事訓練等來表達個人志願。難怪

他們氣味相投，一拍即合。」「從那時起，兩人可以
從軍事戰略到女人，天南地北地談個沒完沒了。尤其
是他們從來沒有完全結束過一場談話。」（沈醉）[5]

注釋

1. 戴笠（1896-1946），字雨農，別名戴春風，浙江江山人。1926年入黃
   埔軍校，畢業後任蔣介石侍從副官，1928年開始進行情報活動，1930
   年建立國民黨第一個特務組織調查通訊小組，建立「十人團」，深得蔣
   介石寵信。1932年3月，蔣介石為加強特務統治，先組織力行社，後在
   南京祕密成立「中華復興社」（又名「藍衣社」；另，「中華復興社」
   參考卷四《在創建力行社的那些日日夜夜裡》之「力行社」注），被任
   為特務處處長。生前比較相信風水學。1938年特務處擴大為軍事委員會
   調查統計局（簡稱軍統），任副局長。1942年，美蔣聯合組成特務機關
   「中美特種技術合作所」，戴兼為主任。1943年，兼任國民政府財政部
   緝私總署署長，不久又兼任財政部戰時貨物運輸管理局局長。1945年被
   選為國民黨第六屆中央執行委員。1946年3月17日，戴笠從北平飛往上
   海轉南京途中因飛機失事身亡。1951年春天，戴笠墓被夷為平地。以殘
   酷無情著稱的戴笠，被共產黨稱為「蔣介石的佩劍」、「中國的蓋世太
   保」、「中國最神祕人物」。

2. 胡宗南（1896-1962），別名琴齋，字壽山，曾化名秦東昌，漢族，浙
   江鎮海（今寧波市鎮海區）人。陸軍一級上將，黃埔系一期生，是蔣介
   石最寵愛、最重要的軍事將領，其一生歷經黃埔建軍、東征、北伐、內
   戰、「剿共」、抗日戰爭，直到1947年指揮進攻佔領中國共產黨的首府
   延安，轉戰西北，官至第一戰區司令長官、西安綏靖公署主任，成為手
   握幾十萬重兵、指揮幾個兵團的二級上將與名震一時的「西北王」。

3. 魏斐德（Frederic Evans Wakeman Jr., 1937-2006），美國
   著名中國學家、歷史學家、社會活動家。魏斐德一生共有論著八部，
   分別為《大門口的陌生人——1839—1861年間華南社會的暴亂》
   (*Strangers at the Gate: Social Disorder in South
   China 1839-1861*)、《歷史與意志——毛澤東思想的哲學透視》
   (*History and Will: Philosophical Perspectives of*

Mao Tse tung's Thought）、《中華帝國的衰落》（*The Fall of Imperial China*）、《洪業：清朝開國史》（*The Great Enterprise: The Manchu Reconstruction of Imperial Order in Seventeenth-Century China*）、《上海警察，1927—1937》（*Policing Shanghai 1927-1937*）、《上海歹土——戰時恐怖活動與城市犯罪，1937—1941》（*The Shanghai Badlands: Wartime Terrorism and Urban Crime, 1937-1941*）、《間諜王——戴笠與中國特工》（*Spymaster：Dai Li and the Chinese Secret Service*）、《控制與衝突》（*Conflict and Control in Late Imperial China*），論文約150篇。

4. 顧炎武（1613-1682），著名思想家、史學家、語言學家，與黃宗羲、王夫之並稱為明末清初三大儒。本名繼坤，改名絳，字忠清；南都敗後，改炎武，字寧人，號亭林，自署蔣山傭，漢族，南直隸蘇州府昆山（今屬江蘇）人。明季諸生，青年時發憤為經世致用之學，並參加昆山抗清義軍，敗後漫遊南北，曾十謁明陵，晚歲卒於曲沃。學問淵博，與國家典制、郡邑掌故、天文儀象、河漕、兵農及經史百家、音韻訓詁之學，都有研究。晚年治經重考證，開清代樸學風氣。其學以博學於文，行己有恥為主，合學與行、治學與經世為一。詩多傷時感事之作。

5. 沈醉（1914-1996），字叔逸，湖南湘潭人。國民黨陸軍中將，長期服務於國民黨軍統局，深得軍統特務頭子戴笠的信任。在軍統局素以年紀小、資格老而著稱。先後擔任少校行動組長、稽查處上校處長、軍統局總務處少將處長（28歲）、國防部保密局雲南站站長、國防部少將專員、雲南專員公署主任、中將游擊司令。

卷三

一九二〇年代

陝西「紅頭」

陝西北山有土匪，南山有「紅頭」
其實二者都是土匪，為何稱呼有別；
說來也怪，唯南山的土匪以紅布包頭行搶：

一是晝夜都搶；
二是連農器傢具也搶（其中有一名言
若什麼都沒得搶，就搶那屋裡的灰塵）；
三是搶去的人只留三天，有錢贖人，無錢搬屍。

桐城狀況，1920

一

古文派、顯宦家，占十分之二
黑氈帽、白大褂，占十分之三
遊民、乞丐占十分之二

其餘三分，皆出自苦力。
嗚呼，三分苦力之血汗
供給以上七分閒人之逸樂也。

二

士紳二分（以訴訟為恆業）：
一為亡清遺老，二為宦官後人。

平民四分：士農工商，等級肅然；
士只需說話，農工商僅管動手。

婦女五分：太太、少奶奶、小姐、娘娘、姑姑；
前三人大足短衣、出入隨便；或金屋深鎖、出則坐轎；
後二人燒鍋煮飯、餵豬種菜；或掃地應門、裹起小腳。

兒童城鄉有別：城裡兒童，不是闊少，就是青皮[1]；
鄉間兒童，要麼子曰詩云，要麼砍柴放牛
唉，又是前者逸樂傾家，後者勞苦立業也。

三

多年後，某一日，我想到一位桐城詩人
他亦春色三分，
二分塵土，
一分流水。[2]

注釋
1.「青皮」，方言，即小混子。
2.蘇軾詩〈水龍吟·次韻章質夫楊花詞〉：

似花還似非花，也無人惜從教墜。拋家傍路，思量卻是，無情有思。縈損柔腸，困酣嬌眼，欲開還閉。夢隨風萬里，尋郎去處，又還被、鶯呼起。
不恨此花飛盡，恨西園、落紅難綴。曉來雨過，遺蹤何在，一池萍碎。春色三分，二分塵土，一分流水。細看來，不是楊花，點點是離人淚。

1920年的陝北人家

那時，陝北人家多敬歡喜佛
每日清晨遍插三支香於門頭；
那時，陝北人家人人潔白
腳小若握，尤好體力勞動
（譬如桃糞、推磨）。

肉通吃，牛羊豬；油濃綠，味洶洶
玉蜀黍、白土麵，魚皆紅色，且鯽也；
老小睡一炕（多沙土），
無被一身輕（陶陶樂）；
吃煙蓄狗、衣紅綠布

——男子不事生產，愛出城漫遊
他們懼兵，
他們成為匪徒。

羅二姑

廣州老婦，貌極醜惡，30歲前已嫁六夫。
31歲，再嫁順德同鄉蔡豆皮竹為妻，反嫌
其貌平，翻手便與撈家仔蔡亞成私通。
41歲，豆皮竹及阿成前後病死；羅二姑
立馬跟了譚丘八，不足二月，譚丘八因在
清遠某鄉搶劫一小店，當場被抓並遭殺；
旋又與燕塘某營差弁王某姘，王嫌她老醜
有礙觀瞻，對外稱其為雇工，後終難忍耐
放棄去，僅以6元身價嫁給譚裁縫，又
不足二月，譚死；急嫁蓮塘街張閒人，不足
四月，張閒人亦死於非命。43歲，以身價
2元，再加兒蔡錦（12歲）嫁給天平街仇某
充第三房侍妾；那蔡錦癖好偷竊，屢教不改；
其母又袒子逞凶，哭鬧嚇人，以致舉家沸騰；
仇某終不耐母子乖戾行為，急下令逐出家門。

張敬堯¹的逍遙遊

想當年，橘子洲頭，激揚文字，毛澤
東驅張告捷。²

——題記

長沙岳陽嘉魚漢陽，張敬堯蒼黃終煞尾；
勢雖去，又逍遙：愛妾徐素貞早離漢赴滬
如今翻作燕飛還，其貴重細軟箱籠行李
八百零二件（護兵十人押送）捲土重來；
其餘姬妾亦接踵而至、虎虎風生，一時間，
銅床玻璃櫥之小迷樓生輝武漢。接著看：
（順告：上海生春軒所做之像片是亮點）
陰曆7月25日，張氏41歲生日，當天
稽查劉某之夫人在張宅奔前忙後安排一切。
張敬堯先古玩店暢遊，再回家迎各方來客
機關幹部之外，還有五金老闆，駁船老闆
三教九流，不在話下。召妓侑酒不稱意
又召怡園名伶李秀英、月桂紅；張敬堯
並不讓二人歌唱，而是與二伶談戲至深夜
頗似一閒逸之學者正點點滴滴頤養天年也。

注釋

1. 張敬堯（1871-1933），北洋皖系軍閥，字勛臣，安徽霍丘人，為皖系軍閥首領之一。1896年投身行伍，曾入北洋新軍隨營學堂，1906年入保定軍官學校第一期，畢業後在北洋軍中任職。1917年任蘇皖魯豫四省交界剿匪督辦，旋調任察哈爾都統。1918年3月至1920年6月任湖南省督軍，因貪婪成性，遭到當地軍閥、土豪的反對被迫辭職，其弟張敬湯被殺。他先後在吳佩孚、張宗昌、張作霖部下任司令、軍長等職。1932年與板垣勾結，參加偽滿州國政府，擬任偽平津第二集團軍總司令，密謀在天津進行暴動，策應關東軍進佔平津。1933年5月7日，戴笠派藍衣社鋤奸，在北平東交民巷的六國飯店將其刺殺。

2. 「驅張告捷」，指近代史上著名的驅張鬥爭。「五四」運動時期，湖南學生發動的驅逐軍閥張敬堯鬥爭。張是北洋軍閥親日派皖系段祺瑞之親信，他乘直系軍閥吳佩孚和接近直系的馮玉祥打敗湘桂聯軍之際，率軍進駐湖南，被段祺瑞任命為湖南督軍兼省長。他與自己的三個兄弟張敬舜、張敬禹、張敬湯，在湖南恣意施行暴政，燒殺搶掠，姦淫婦女，搜刮民財，摧殘教育，箝制輿論，為非作歹，無惡不作。湖南人民極為痛恨，時諺稱：「堂堂乎張，堯舜禹湯，一二三四，虎豹豺狼，張毒不除，湖南無望。」受學生運動影響，各界聯合會等組織相繼成立，公開打出驅張的旗號。在「驅張運動」的強大壓力下，各派系軍閥與張敬堯矛盾趨於激烈，最終驅張成功。

酉陽、秀山、黔江、彭水

此四縣，窮山惡水，年年遭災。
1921開春以來，吃樹皮、草根
芭蕉頭、觀音土，為尋常人家事；
入夏以來，凶荒頻繁，令人刮目：

秀山某人用賣兒女錢買不到米
急得氣死；彭水某戶行最後的
晚餐，合毒藥吃下，說什麼：
「我全家人死也得當上飽死鬼。」

獨立進款者

作官是古代文人的理想。1922年12月4-5日，二八年華的金岳霖在《晨報‧副刊》發表文章《優秀分子與今日社會》，提出另一種理想：知識者要成為「獨立進款者」，切莫做官，應靠自身本事吃飯。為此，他打著通俗浪漫的比喻說：

我開剃頭店的進款比交通部祕書的進款獨立多了，所以與其做官，不如開剃頭店；與其在部裡拍馬，不如在水果攤上唱歌。

1924，年關一瞥

政界要人藉機相互拜謁
商界更為結帳呼呼奔走
學界（中小學）繼續欠薪

單說工界，憑此喘息之機
（平日工人成年無限勞動，
雜居一室，空氣惡臭嗆人），
三五結夥共赴娛樂之地。
吾國因缺衛生地方，工人
唯有嫖賭，此等遊戲場
最可見工人之足跡焉。[1]

注釋

1. 中國工人真是如此頹廢嗎？且看李大釗1919年3月寫的〈唐山煤廠的工
   人生活〉一文的相關敘述：

   > 唐山煤廠的工人，約有八九千……他們每日工作8小時，工銀才有2
   > 角（每月工資6銀元）……把兩星期的工在一星期做完，其餘一星期，
   > 就去胡吃狂飲、亂嫖大賭去了。因為他們太無知識，所以他們除賭嫖
   > 酒肉外，不知道有比較的稍為高尚的娛樂方法，可以慰安他們的勞
   > 苦。……工銀太低，所以他們必須把數日的工夫，無晝無夜地像牛馬
   > 一般勞動，才能積得一圓半圓錢，好去嫖賭。（轉引自陳明遠：《文
   > 化人的經濟生活》，陝西人民出版社，2010，第143頁。）

1924年的南京之暗

我們是否只能在昏昏燈火裡供語笑、話平生？
這是何等的中國境界——

夜暗、城市暗、室內的電燈更暗
「物體看起來都呈黃色的這個國家，
連燈光的顏色也是寂寥地昏黃著。」¹

「真正地去讀古書是困難的。」
怎麼辦，怎麼辦？每晚努力發電後，
南京城依然燈光如豆、黑暗不堪……

注釋

1. 此語出自吉川幸次郎（吉川幸次郎，生於1904年，字善之，號宛亭，日本神戶人。1923年，考取京都帝國大學，選修中國文學，師從著名漢學家、「京都學派」創始人狩野直喜教授，1980年去世）《我的留學記》（中華書局2008年版）。順便提一下，本人在所著《左邊——毛澤東時代的抒情詩人》一書第五卷「揚州的冬日」中，曾引用過吉川此書的相關文字：

> 是夜，步入揚州時，正值燈火初上，「商略黃昏雨」。在友人家圍爐吃完暖和的夜飯後，獨自閒走於揚州的街市。此時細雨已停，街面蕭疏，冷風透骨，我走走停停觀看著夜色中淒迷憧憧的建築，看見不遠處幾個暗紅色的燈盞高懸於寒夜中的酒樓，那燈盞在

風中輕晃；再向上望去，夜空高闊而清冷，閃爍的幾粒星星彷彿就要隨風吹落下來。「這就是淮左名都揚州。」它豐神同在的寒冷將洗去我最後一絲青春的熱烈。即便沒有南京的山楂酒，這冬夜也能讓我感受到某種深入的懷念。這是真的，我已在揚州。

第二日清晨，與友人去富春茶室吃茶點；古雅的茶室深藏於一小石橋下，室內無人，我們依窗而坐，一邊吃茶一邊可見一灣冬日的碧水從窗前流過；天氣陰晦，滿眼林木凝著暗綠，反倒使我想起白居易吟詠江南春日的詩句「江南好，風景舊曾諳」或姜白石的〈暗香〉：「但暗憶江南江北」，這一個「暗」字讓江南風景呼之欲出，春、夏、秋、冬，四季代謝，江南的氣韻不就在這個「暗」字上。這其中的夜之暗及燈盞之暗，還使我想到我最喜歡的一幅豐子愷的漫畫「草草杯盤共笑語，昏昏燈火話平生」，那可是何等的中國境界呀，就連日本漢學家吉川幸次郎也對中國的夜之暗別有一番體會：「我到北京留學，第一印象就是夜之暗。城市暗，房子裡的電燈也暗。物體看起來都呈黃色的這個國家，連燈光的顏色也是寂寥地昏黃著。……對於已經習慣了明亮之夜的我們，要真正去體會那夜之暗，仍是非常困難的。真正地去讀古書是困難的，特別是讀中國的古書，就更為困難，我常常深深地體會到這一點。」（吉川幸次郎：《我的留學記》）我冥想著這一切，細細品茶、吃富春包子和豆腐乾絲；我喜吃細小的食物，猶如只愛讀孩子們的書（曼德爾斯塔姆），淮揚菜中的豆腐乾絲細小親切，我引為吃茶飲酒的佳品。

吃完茶後，重返清潔的街市，白天道上行人依然很少。友人提議去富春茶室不遠處一家書店看看。這是一間很大的古色古香的書店，門前一片溫暖的垂柳，進店內一一流覽，發現書籍種類之多，不亞於我所看過的許多大城市書店，店堂明亮、寬敞，兼賣文房四寶及今人所繪山水圖畫、書法，隨便看看、隨便翻翻，心情極為舒暢。

列寧之死

列寧死後次日，醫生團對其進行解剖
把他腦髓取出來看，醫生大驚愕，
連呼奇蹟，因腦之大部分早已壞死
二年有餘，但列寧仍在工作，儘管
像小孩子那樣重新開口說話並寫字。

1924年3月2日，上海《民國日報》
對列寧病死作出評價：這不但是在近代
所未曾聞見，便是人類歷史從來也未有。

死亡日記：中山篇

1925年1月26日，六點，孫中山
在北京協和醫院施行手術，開割後
醫生發現其肝葉大半成膿，薄如竹布，
心臟硬如朽木，敲之有聲，腸起疙瘩，
旋即，放棄手術，又縫好割口。孫夫人
目睹開割情形，大驚惶，突然病倒。

汪精衛[1]從容調度，將孫中山
移往鐵獅子胡同，改請中醫治療；
一邊照應孫夫人，一邊電召孫中山
之子孫科來京。一晃，進入3月——

再晃，11日，進入垂危！午後——
中山簽完遺囑，忽呈喜色，環顧左右曰：
「吾久為惡魔所擾，
然今者吾已悉驅而去之矣，
吾明晨將行，行時當有天使來迎也。」

話畢，舉座及家屬頓覺悚然失措。

1925年3月12日上午，九點三十分

孫中山如約遠行。

注釋
1.見卷四〈優男汪精衛〉注。

蔣介石在黃埔軍校

1925年的一次演講中，蔣介石說：
中國人的主要弱點是缺乏對集體的忠誠，
而中國人的散漫和無組織性是自宋朝以來
不斷受外國侵略的結果。

李春山

27歲的李春山，家住炮局胡同路西19號
自幼弱不禁風，好讀書；後因家貧，投身
膠皮團，賃車自拉，以圖養家。全家五口
仍挨餓，李春山只好畫夜哭罵，遂成神經
錯亂者。1926年4月9日早晨八時許，李
手持菜刀追砍家人，其妻其妹其子女各自
奔逃；李一時性急，走投無路之中，乾脆
以刀割自己的頸項，鮮血暴流，倒地而死。

津南重案

1926年12月12日下午六時許，
匪人二十餘在靜海縣小南河村
劫擄人、財等如下：

于連傑（30歲）
陳秀卿（40歲）
陳德臣（41歲）
陳得龍（52歲）
馬二（26歲）
高禿（16歲）
陳滿囤（8歲）
陳金強（5歲）

陳惠卿家大洋200元
陳幼龍家白驢2匹、現洋10元、棉被6床
孫慶蘭家皮襖2件、白褲褂3身。

柳存仁等回憶北京大學的食

像回鍋肉、冬瓜燒肉、青椒肉絲這樣的菜，加上花捲米飯，每餐不到2角錢。最好的一家飯館叫海泉居，位置也好，在東齋宿舍和圖書館之間，拿手好菜如炒腰花，四毛錢一份，那就算最貴的了。

——轉引自陳明遠：《文化人的經濟生活》，陝西人民出版社，2010，第184頁。

另，沙灘一帶，小飯館林立（如今中國每所大學周遭依舊小飯館林立），據朱海濤回憶：「走進任何一家去，花半個鐘頭工夫，費幾分錢到兩毛錢，就可以吃飽。兩毛以上一頓是極貴族的吃法，大概是在沙灘第一流的館子福和居之類，吃到兩菜一湯（而菜還是時鮮）才會如此。」

清華學生一日

1927年4月一期《清華週刊》發表了「清華學生一日」之介紹文字，特別抄來如下，以作今昔對比：

生活規律、要求嚴格。早晨七點起床，半小時以內完成飯前準備工作。七點半早餐。八點零分上第一節課。教授都很認真，經常比學生還先到達教室，「同學則抱著課本，大步伐帶著笑容，一副勤奮浪漫的氣象。」一上課堂，教師先叫同學背誦英文，沒準備好的要提前申明，否則給零分；這樣可促使你做好預習，並養成誠實美德。上午四節，課間休息十分鐘，到九點五十五分做柔軟體操（這是北大所無的）。十二點到食堂吃午飯。飯後多數人到圖書館特闢的閱報室閱報。下午一至四點上課，沒課的就到圖書館自修。一到四點，吹喇叭五聲（後改為敲鐘八響），圖書館和宿舍一律關閉，學生們都到體育館更衣櫃換上統一的運動服，到健身房或操場「強迫運動」，打球、跑步、游泳等，運動完畢在淋浴房洗澡，換上清潔的衣服。然後吃晚飯。飯後自由活動。晚七點半開始自修，十點半圖書館閉館。十點五十分打鐘就寢，十一點熄燈。此時整個校園寂靜無聲。學生一周的功課，以週六為最輕鬆，只上半天課。週五晚上為各社團聚會時間；週六

晚上大禮堂放映電影，兩角錢一張票。寒假很短，除了京津同學外，大都留在校內。

死亡日記：以李大釗[1]為中心

—

1927年4月28日上午10時整，北京
地方檢察廳下令，傳執刑吏（該劊子手
住在宣外火道口）火速趕到看守所應差。
正午12時，警察廳司法處科長吳錫武、
科員金某急抵法部後身看守所，一時間
法警憲兵層層疊疊、荷槍巡行，形勢緊張。

軍法會審於11時在警察廳南院總監大廳
開庭，審判長何豐林中坐，主審判官顏文海，
法官朱同善、傅祖舜、王振南、周啟曾
（周系衛戍總司令部執法官）、檢察官楊耀曾
分坐左右。按次召20名共產黨人至庭，
審問姓名年齡籍貫在黨職務，依據陸軍
刑事條例第二條第七項之規定，宣告死刑，
命各人分別畫押，至12時10分判決畢。

12時30分，警察廳用汽車分載各黨人
（刑具已解除，也無捆綁）奔赴看守所：
第一輛車（號牌1200）內為李大釗等三人
第二輛車（號牌512）為路友于等四人
第三輛車（號牌536）為譚祖堯等三人
第四輛車（號牌不詳）為張挹蘭等三人
第五輛車（號牌不詳）為范鴻劫等三人
第六輛車（號牌不詳）為方伯務等四人

監刑官高繼武（東北憲兵營長）依次點名
宣告執行，2時開絞。看守所僅兩副絞架，
故同時只能執行二人，而每人絞死時間
約為18分鐘。20人處刑完畢，光景已抵
下午5時。回頭看：首登絞刑台者為李大釗
李神色不變，從容就死。其餘則望刑生畏，
嚇得面無人色。刑畢，20人分入20具棺木
（其價格為：六七十元一副，四五十元一副），
獄吏用木板將屍首抬出，在看守所邊門殯殮
晚9時，方畢事。所有棺木暫停下斜街長椿寺，
待家屬認領，如無人領，將埋於永定門外義塚。

二

5月1日早間8時半，李大釗之舅父周某
及其鄉人與李之兩女兒興華艷華等若干人

來到長椿寺；一進後院，一眼認出李柩，
與巡官接洽將原棺啟封；李屍出，用藥水洗，
即換綢衣，共為九件，頭上戴帽，足下穿靴；
有人提出照相，因官方不許，遂作罷論。
旋即將妝點之李屍轉入新棺。新棺為紅柏木，
約值250元。據三里河德昌槓房掌櫃伊壽山
云：我與李素昧平生，並反對共產主義；
因連日閱報，對於其個人人格，確甚欽佩，
最後只索銀140元，但求李先生入土平安。

後經各方疏解，終說通主寺，李柩暫停寺內，
租費每月四元。第二次祭奠登場（第一次為
從舊棺移入新棺時），鄉人排好香案，買來
果品食物；兩女兒又呼天搶地，眾親友
皆大放悲聲，響徹廟宇。之後，眾人再商量：
月內，眷屬應抓緊回樂亭原籍，向族內請示
讓李柩葬入祖塋。如族人不允，擬在京安葬。

再說李夫人，面對慰問者，哭訴如下：
自聞先夫棄世之耗，即擬相從於地下。
惟念兒女弱小，家無寸土，只好苟延喘息。
我輩鄉間女流只知持家度日，至先夫在日
所講之主義如何，實在不知。且彼素不喜
與家人談時事。今年39歲，讀書半世，
結果如是，殊令人肝腸寸裂。至於善後，

我等進廳時，帶洋一元，出廳時承其發還，

手中所蓄止此。現承各方幫忙，實不敢當。

言畢，李夫人淚如雨下，慰問者悲痛退場。

注釋

1. 李大釗（1889-1927），字守常，河北樂亭人。1913年畢業後東渡日
　本，入東京早稻田大學政治本科學習。1915年，日本提出旨在滅亡中國
　的「二十一條」，李大釗積極參加留日學生的抗議鬥爭。他起草的通電
　〈警告全國父老書〉傳遍全國，他也因此成為著名愛國志士。1916年李
　大釗回國後，成為新文化運動的一員主將。受俄國十月革命影響，李以
　《新青年》和《每週評論》為陣地，發表了多篇宣傳十月革命和馬列的
　文章，成為中國共產主義的先驅和最早傳播馬克思主義的人。後，又與
　陳獨秀在北京和上海分別活動，籌建中國共產黨，成為中國共產黨的主要
　創始人。1927年4月28日，為北洋軍閥絞殺於西交民巷京師看守所內。

死亡日記之王國維[1]投昆明湖[2]

1927年6月1日（暑假在即），清華研究院
開師生懇談會（學生考試已畢，師生皆享閒逸），
國維亦出席，但未演說。會畢，國維赴
某友人處閒談約二小時，黃昏歸家
（乃為習性）是夜又將學生試卷詳閱批覽
一過，至夜深方就寢。6月2日七時起床，
盥洗早飯後，於書桌上略為整理流連，即外出。

迨夕陽西沉，國維不歸，家人始詫異，遣人
去研究院查詢。某錄事云「今晨王先生來我處
借三元而去。」家人急詢校門前車夫，某車夫謂：
「今晨九時左右，王先生命我拉去萬壽山。」

家人再急奔至頤和園門前詢問守門人，則謂
「今日有一老人在園內投湖自殺，現停屍湖邊，
正覓人招領。」家人聞此，心頭亂跳，衝入
園內視察，那自殺者面部耳鼻口盡為湖泥堵塞，
形象慘烈變形，家人仍一眼認出
那橫臥水邊者正是王國維也。

注釋

1. 王國維（1877-1927），字伯隅、靜安，號觀堂、永觀，漢族，浙江海寧鹽官鎮人，清末秀才。王國維是中國近現代在文學、美學、史學、哲學、古文字、考古學等方面成就卓著的人，世人往往尊為國學大師。

2. 昆明湖有兩處，一者為北京頤和園的半天然、半人工的湖泊，一者為滇池別稱。此處為前者。

誰是戴笠[1]

雨地寒士，所以戴笠？那到不一定。魏斐德[2]
在《間諜王》一書第四頁注釋二中說：
戴笠這個名字還指一個人的臉被一頂尖頂帽
半蓋住的意思，即含有掩藏的意思。
（按：這一古老中國形象後傳至日本，
遂變為日本武士之普及形象）就像中國畫裡
河流上的一位老人頭戴一頂斗笠，坐在一葉
輕舟裡釣魚，背對著看畫人。從這個意義上講，
「戴笠」是指一個衣著平常的孤行者，
一個你不會注意到的消失在景色裡的人。

注釋
1.戴笠，見卷二〈戴笠與胡宗南〉注。
2.魏斐德（Frederic Wakeman Jr.），同1.。

1920年代之新歌謠（選三則）

浙江

鄉里人，大開通，進城就問幾點鐘。
衣裳破爛不要緊，有錢先過香煙癮。
三餐茶飯不安排，餓著肚子打牙牌。

河南

手裡拿著自開傘，嘴裡噙著洋煙捲，
使的錢沒有眼，穿的鞋沒有臉。

長沙

堂堂乎張，堯舜禹湯，一二三四，虎豹豺狼。[1]

注釋
1.見卷三〈張敬堯的逍遙遊〉注2.。

戴笠之殺法一種

1927年春夏之交，在上海的清黨中，
戴笠將火車頭排列在一段叉道上，
不停地往火爐裡加煤直到內部燒得
火紅，然後把捆綁的囚犯扔進去，
同時拉響汽笛來掩蓋他們的慘叫。

鮑羅廷（Michael Borodin）[1]

「我誕生於冰天雪地，卻在陽光下生活。」
鮑羅廷說得很慢。
在中國南方革命的聖地
——廣州，他一直是慢的。
這位來自俄國的職業革命家
有時像商人，
有時像工程師，
有時像夢想家，
有時又像英國工黨領袖。
但鮑羅廷總有一種不變的氣質，
即他在變幻任何一種形象時
都透出一股暖人的恆常的涵養。
當然，我們知道
他是孫中山的顧問兼朋友；
也是國共兩黨的指導者與協調人。
當有人問起他是否喜歡中國人時？
他露出吃驚的眼神，微笑著並不回答。
他從不在公開場合談論共產主義，
私下，他會說：
「共產主義是一門哲學、一種理想，

中國離它太遠。中國落後於時代100年。

摩天大樓與黃包車——

多麼鮮明的對照。」

鮑羅廷的朋友極多

蔣介石[2]、周恩來[3]、譚延闓[4]……

其中只有張太雷[5]是他的密友

「他倆時常形影不離，

甚至有時同睡一間房。」

1927年春，上海，

蔣介石在4月12日[6]

全城抓捕、屠殺共產黨人、工運領袖。

緊接著，武漢也出現騷亂：

有人怒罵、中傷共產主義運動；

甚至「婦女聯合會提議

五‧一舉行裸體大遊行

以促進自由原則實現。」

但「凡願參加之女士，

須經一次體檢，惟有肌膚雪凝、

乳房高聳者方夠標準。」

一時間，武漢城流言四起

行刑隊槍聲不絕。

鮑羅廷面對這複雜的亂局

依然是緩慢的；

穩定的眼神絕無破壞與報仇的狂熱。

國共能合作嗎？

自信的斯大林在遙遠的莫斯科發出指令：

「必須與國民黨左派合作！」

但汪精衛[7]已舉起了屠刀。

陳獨秀[8]在一旁說著風涼話：

與其合作，「猶如在尿桶裡洗澡。」

很快，新一輪屠殺開始了。

很快，1927年7月27日

鮑羅廷慢慢地發動了一輛汽車

離開武漢，返回俄國。

多年後，在莫斯科，有人看見他

作為一家小報的編輯，靜靜地活著。

當然，偶爾，慢慢地

他也會在沉沉睡夢中

品嚐一下他那遙遠的中國夢。

1949年初，鮑羅廷由於斯特朗案[9]

被捕。1951年死於西伯利亞勞改營。

注釋

1.米哈伊爾·馬爾科維奇·鮑羅廷(Michael Borodin, 1884-1951)，前蘇聯人，1903年加入俄國社會民主工黨（屬布爾什維克），1906年當選為黨的四大代表，此後幾年，在美、英等地的俄國流亡者中間活動；十月革命後回到蘇俄，在外交人民委員會工作，出席了共產國際一大和二大，並於1921年1月出任共產國際駐柏林特使。1923年5月，蘇聯政府派遣他任中國國民黨的首席政治顧問。10月初，到達廣州，不久被孫中山聘任為國民黨組織訓練員，參與國民黨改組和國民黨組織法、黨章、黨綱等草案的起草工作。1924年1月，國民黨第一次全國代表大會在廣州舉行，他參加了大會的領導工作，為促成國共合作起了重要作用。1924年10月，孫中山在廣州成立革命委員會，自任會長，任命鮑羅廷

為顧問，規定遇本會長缺席時顧問得有表決權。同年11月，孫中山應馮玉祥邀請北上，他隨同北上，在北京曾兩度訪問馮玉祥。1925年3月12日，孫中山在北京逝世。逝世前，孫要求鮑羅廷向莫斯科轉達他的遺言和致蘇聯的信。7月1日，中華民國國民政府在廣州成立，任政府高等顧問。1926年2月，離廣州。3月20日蔣介石製造「中山艦事件」。4月底返廣州，與蔣介石多次商談國共合作問題，對蔣介石提出限制共產黨在國民黨內活動的種種要求採取了讓步政策，致使爾後的國民黨二屆二中全會通過了蔣所提出限制共產黨的〈整理黨務案〉九條。北伐軍攻佔武漢後，11月12日廣州國民政府決定北遷武漢，鮑羅廷於12月抵武漢。在他建議下，到漢的國民黨中央執行委員和國民政府委員組成了臨時聯席會議代行最高職權。同月，出席了在漢口召開的中共中央特別會議，陳獨秀在會上作的政治報告和會議通過的決議，得到鮑羅廷的認可。蔣介石發動四一二政變後，鮑羅廷在國民黨政治委員會第十四次會議上提出「戰略退卻」的口號，隨後在中共「五大」會議上，和陳獨秀又提出了向西北發展的主張。5月，共產國際給中共發出緊急指示。6月初政治局會議討論這個指示，鮑羅廷等國際代表表示該指示一時無法執行。6月17日，陳友仁正式通知鮑羅廷，武漢國民黨中央已解除他的職務。武漢七一五政變後，共產國際派來接替鮑羅廷的代表羅明納茲到達武漢。7月底，鮑羅廷等返回蘇聯。回蘇後，擔任勞動人民委員及塔斯社代理負責人，並在外交出版社工作，曾任《莫斯科新聞》英文版編輯主任。其間，他多次發表有關中國革命的演說和文章。1949年初他在莫斯科被捕，1951年5月29日死於伊爾庫茨克的一個勞動營中。

2. 蔣介石（1887-1975），名中正，字介石。浙江奉化人。國民黨當政時期的黨、政、軍主要領導人。1908年留學日本並加入同盟會，1924年回國後任黃埔軍校校長，後兼任國民革命軍第1軍軍長。1949年敗退臺灣後，歷任總統及國民黨總裁，1975年4月5日於臺北去世。

3. 周恩來（1898-1976），字翔宇，曾用名伍豪等，原籍浙江紹興，生於江蘇淮安。中國共產黨和中華人民共和國的主要領導人之一。

4. 譚延闓（1880-1930），字祖安、祖庵，號無畏、切齋，湖南茶陵人，曾經任兩廣督軍，三次出任湖南督軍兼省長兼湘軍總司令，授上將軍銜，陸軍大元帥。

5. 張太雷（1898.6-1927.12），中共早期的重要領導人之一，共產黨內

著名的政治活動家、宣傳家。

6. 4月12日，即1927年4月12日，這天，國民黨和共產黨發生慘烈衝突，造成大量共產黨員死亡。

7. 見卷四〈優男汪精衛〉注。

8. 陳獨秀（1879-1942），原名慶同，官名乾生，字仲甫，號實庵。新文化運動的發起人和旗幟，中國文化啟蒙運動的先驅，五四運動的總司令，中國共產黨的創始人及首任總書記。

9. 斯特朗案（the case of Anna Louise Strong）：1948年底，在莫斯科幫助編輯英文報紙《莫斯科新聞》的美國左派作家、記者安娜‧路易斯‧斯特朗（按：我以為斯特朗一生最大的閃光點如下：1946年8月5日，延安楊家坪，毛澤東接受斯特朗採訪，他對斯特朗說了一句驚世駭俗的話：「一切反動派都是紙老虎。」很快，這句話通過斯特朗傳遍全球）從美國趕回蘇聯，準備再去即將解放的北平。在途經東歐的時候，她興奮地發表了一篇文章，說中國革命是自主的勝利，並不是搬用蘇聯模式。不想這惹來了禍端（按：即出於她對中國革命及毛澤東的偏愛而引起蘇共及斯大林的嫉妒）。她剛剛抵達莫斯科，就被蘇聯的特務組織──「克格勃」逮捕並且被驅逐出境。蘇聯方面認為她涉嫌「間諜和損害了蘇聯利益」，此外也認定她布置了一個遍布世界的「情報案」。1949年2月，鮑羅廷因斯特朗「間諜案」受株連被捕；1951年，死於西伯利亞勞改營。

濟南，1928

1928年5月2日，日軍向一中國軍官開槍，
更拘捕街市上的演說者。3日晨，日軍公然
解除街市上中國軍人之武裝，遂起巷戰，
華人傷亡十數人，濟南城大驚恐，鋪肆閉門。

蔣介石下令，對日軍不予還擊。7日下午
4時，日軍福田師團長對南軍總司令蔣介石
發出最後通牒：一、與本事件有關之中國軍隊
高級幹部人員須嚴加懲辦。二、危害日僑日軍
之中國軍隊，須全部在日軍面前解除武裝。
三、在12點內，完全將辛莊、張家莊駐紮之
中國軍隊撤退。四、停止排日宣傳。五、濟南及
膠濟路沿線20華里以內，禁止駐紮中國軍隊。

8日拂曉，濟南日軍開始向中國軍隊開戰，
已炮毀中國軍隊火藥庫，並燒毀兵營。11日
午前2時，日軍已完全佔領濟南城。中國軍隊
隆隆退出濟南。日本外務省陸軍省海軍省共同
對我國提出停戰五條件，首當其衝便是：蔣介石
正始對日本謝罪。餘下四條略去，因與前類同。

張作霖¹草寫

初為遊民，繼為丘八²，再為土匪；

從清室將領，民國將領，到洪憲子爵；

又變身成：奉天將軍、大元帥；

最後死於非命，在皇姑屯。

注釋

1. 張作霖（1875-1928），字雨亭，漢族，遼寧海城人，出身貧苦農家。
   張作霖後成為北洋軍奉系首領，是「北洋政府」最後一個掌權者，號稱
   「東北王」。1928年6月4日，在由日本人製造的皇姑屯事件中身亡。

2. 「丘八」兩個字合在一起即「兵」字，指當兵的人，這是當時社會對士
   兵的貶稱，有兵痞之意。對士兵為何不直言兵而稱為丘八？為瞭解「丘
   八」一詞感情色彩，以下幾條引文權為讀者參考：

   > 《太平御覽》卷四引《續晉陽秋》：「苻堅之遣慕容垂，侍中權翼
   > 諫不聽。於是翼乃夜私遣壯士要路而擊之。垂是夜夢行路，路窮。
   > 顧見孔子墓傍墳有八。覺而心惡之。召占夢者占之，曰：「行路
   > 窮，道盡也，不可行。孔子名丘，『八』以配『丘』，此兵字，路
   > 必有伏兵。」

   > 後蜀‧何光遠《鑑戒錄‧輕薄鑑》：「太祖問擊槍之戲創自誰人。
   > 大夫對曰：『丘八所置。』」

   > 明‧無名氏《風雲會》第三折：「頭一考在丘八房，第二考在戶房
   > 內。」

茅盾《海南雜憶》：「楚女身材高大，面黑而麻，服裝隨便，有丘八風。」

配對殺

1928年5月1日下午5時，共產黨人向警予[1]

（湘人，32歲，共產黨擴大會宣傳科長）

被國民黨衛戍部士兵押至漢口余記里空坪槍決；

長街行，沿途觀者人山人海，爭睹女英雄；

向身著綠色長袍，神色不變，並狂呼口號。

同時被押至法場執行槍決的還有53歲湘人，

共產黨人張漢蕃[2]（湖南總工會執委，縫紉工會

執行委員長）嗚呼！白髮紅顏，一時並殞

如此慘殺，萬古難逢；至今思想，亦令人發抖。

注釋

1. 向警予（1895-1928），湖南漵浦人，蔡和森夫人。1918年參加毛澤東、蔡和森領導的「新民學會」，1919年她與蔡暢等組織湖南女子留法勤工儉學會，為湖南女界勤工儉學運動的首創者。1919年赴法國勤工儉學，1922年回國後加入中國共產黨，1925年去蘇聯莫斯科大學學習。1928年3月20日因叛徒出賣被捕，後被殺害。

2. 張漢蕃（1876-1928），字澤邑，長沙縣白米山舅母沖（今屬福臨鎮）人。1921年冬，張漢蕃先後與毛澤東、郭亮等相識，在他們啟迪下積極投身工人運動。1925年5月他出席在廣州召開的第二屆全國勞動大會，1926年參與驅趙（恆惕）迎唐（生智）運動。1928年5月1日在武漢餘記裡與向警予同時遇害。

蕭貴蓮之慘死

1929年3月1日，朱德之妻蕭貴蓮
（耒陽人，25歲，紅軍農業部主任）
在贛州吉潭被國民黨劉士毅部之
第29團俘獲並當即割下頭顱，盛於
酒精瓶中；2日，解去南昌；
4日，赴湘，經長沙轉萍鄉示眾。

河南怪

半月前，我曾在〈河南慘〉中問過：「為什麼
旱災、土匪災、蝗蟲災，災災都在河南？」[1]
今天我要說，整個20年代，河南怪異叢生：

紅槍會、黃槍會、扇子會、花藍會、黑紗會
其中最怪異的要數林縣的天門會，發起人
韓欲明，該縣油村人，本是石匠出身，卻說

自己是靈寶大法師的替身，接下來，不外乎
以畫符念咒、刀槍不入之類騙收信徒達萬人；
並組織了各級軍法、軍械、財政、軍務等處。

韓團師（他自封）首先改油村為油京，再逐
縣長，據城池，興土木，建宮室，速稱帝。
下場呢？當然被第二集團軍暫編十四師剿滅。

注釋
1. 柏樺寫於2011年5月10日的詩〈河南慘〉：

為什麼逃難人非得來自河南？
這個大人的偏見，
我自幼難以啟齒；

長大後，每當人相問那逃難人，
「河南的。」
我不動腦筋地脫口說出。

為什麼，為什麼，
旱災、土匪災、蝗蟲災，
災災都在河南？

為什麼，為什麼
我念起了「三吏」又「三別」，
聲聲都在河南？

卷四

一九三〇年代

偏師借重黃公略[1]

六月天兵征腐惡，

萬丈長纓要把鯤鵬縛。

贛水那邊紅一角，

偏師借重黃公略。

——毛澤東〈蝶戀花·從汀州向長沙〉

1930年1月17日上海《申報》說：

江西共匪（請讀者注意甄別）可分為四大股：

一、贛北銅鼓，萬載之、彭德懷、黃公略；

（請讀者再注意：「黃公略」三字是我童年至愛

我對漢字之美的認識從此開始，今寫此詩，藉機

對毛澤東之《蝶戀花·從汀州向長沙》表示敬意）

二、贛西井岡山，王佐、袁文才；

三、贛東弋陽貴溪，方志敏、邵式平；

四、贛南興國雲都，李韶九、段日泉。

以上各路人馬均各有槍枝數千……（下略）

注釋

1. 黃公略（1898-1931），湖南湘鄉人，中國共產黨早期領導人之一。
   1922年秋，黃公略與李燦、彭德懷一起考入湖南陸軍軍官講武堂，畢業
   後回到湘軍任連長。1926年7月，因在北伐戰爭中作戰勇敢，黃公略被

提升為國民革命軍第2師第30團少校團副。1927年1月，黃公略考入黃埔軍校第三期高級班。1928年7月，黃公略領導平江兵變起義，成立中國工農紅軍第五軍。1930年7月，毛澤東率領紅4軍、紅12軍同紅3軍會合，成立中國工農紅軍第一軍團，黃公略所部直接接受中央指揮。1931年，蔣介石親自督陣，帶領30萬大軍，向中央蘇區發動了第三次「圍剿」，黃歿於此役。

戰爭中的難民

1930年4月，彭德懷、黃公略由贛入湘
攻陷長沙岳陽之門戶平江縣城。接踵而至
與何鍵的大戰在這一帶鋪開。激戰之烈，
死亡之巨，前所未有，但暫且不表。只翻手
來說戰爭中的難民：平江城陷後，逃難者
湧往省城，政府在北門外朱家花園設立平江
難民第一住所，湯公廟設立第二住所。每一
難民到省先發洋二元，麵包四個，且再聽設法
善後。難民中男女學生甚多，情極狼狽。還有
六千多難民逃在汨羅，省裡派專員攜款二萬元
趕往汨羅賑濟。同時省城行大檢查，風聲加緊。

「鏟共」鏟到餅乾上……

此次湖南人民，為喚起民眾，一致努力鏟共起見，成立了「鏟共會」並規定了五項鏟共辦法：

一、各機關學校：信封、信紙，應加印「努力鏟共」四字。其式樣位置，各自斟酌。

二、商界：1、發票及包貨紙，須加印「努力鏟共」四字。以付印就之發票及包貨，亦應刻木戳，加蓋其上。2、製貨木箱紙箱、洋錢盒，均須設法刊入「努力鏟共」四字。3、南貨店須做「努力鏟共」之餅乾（仿照毋忘恥餅乾辦法）。又月餅包皮紙，亦須加蓋「努力鏟共」四字。4、各紙店所發售之普通信紙、信封，須加印「努力鏟共」四字。5、各書店所發售之各種書籍須於書面加印「努力鏟共」四字。6、糧食店戽桶，須加蓋「鏟共」二字大印（火印由本會造備）。7、各錢業於通用鈔票上，加蓋紫色墨水「努力鏟共」四字。

三、工界：1、筆墨店之毛筆，桿上須刻「鏟共」二字，墨上須做「努力鏟共」四字。2、靴鞋業之楦頭，須

加蓋「鏟共」二字之火印。3、皮擔子之篾片上，須加蓋「鏟共」二字之火印。4、人力車左邊扶手上，須釘洋鐵皮一面，上用洋漆粜「努力鏟共」四字，其式樣大小，位置上下，與號碼相同。每個車夫應向車業公會置備藍底白字「努力鏟共」背心一件，發給穿著。其式樣由車業公會自行規定，費用由車主自備。5、碼頭所用之扁擔，須加蓋「鏟共」二字火印。籮筐外面四周，須用墨筆大書「努力鏟共」四字。每名挑夫應由碼頭工會，置備藍底白字「努力鏟共」四字背心一件，發給穿著。其式樣由碼頭工會自行規定，以明劃一。其費用由籮租內扣除。6、泥木工會必用之器具，須於木桶上加蓋「鏟共」二字火印。7、理髮餐所之披巾上，須加蓋紫色「努力鏟共」四字。8、各毛巾廠，須於毛巾上織「鏟共」二字。凡各成衣店須於裁尺後面加蓋「鏟共」二字印。

四、報界：各報應於報端大書「努力鏟共」四字。

五、住戶：水桶飯桶、甑籮扁筐、扁擔提桶，須加蓋「鏟共」二字之火印云。

（1930年9月26日上海〔《民國日報》有小修改，標題為我所加〕）

河南病

時下耳朵都已聽得麻痹，兵燹、匪患、旱災年復一年，河南從來都跑不脫。而時疫，即一種病，亦是河南的傳統，不然，何來愛滋。今天不說此節，單說1930年1月間，河南人病得上吐下瀉，或日夜僅瀉數次；民眾面盡菜色，缺乏營養食品，更無分文治病，以致得病而死者，十有八九；而親人見死屍，唯仰天號泣！此點點滴滴之血淚若飄浮的野火燒不盡——春風也吹不生——這中原之枯草呢。

龜甲文字收藏狀況

安陽殷故墟出土龜甲獸骨文字[1]
自清光緒己亥（1899）迄今（1930），
初經王國維注意，後經羅振玉[2]購求，
一時間，生意蓬勃，出土數萬斤。
羅振玉所得即逾二萬斤。
而清宣統及民國初每年仍多私掘，
經古董商人售之歐美日本者，
尤不可數計。僅英籍牧師明義士[3]
個人所藏就已達五萬斤。

注釋

1. 龜甲獸骨文，又稱甲骨文、契文或龜甲文，是中國的一種古代文字，被認為是現代漢字的早期形式，有時候也被認為是漢字的書體之一，也是現存中國最古老的一種成熟文字。甲骨文是一種很重要的古漢字資料。絕大部分甲骨文發現於殷墟。殷墟是著名的殷商時代遺址，範圍包括河南省安陽市西北小屯村、花園莊、侯家莊等地。這裡曾經是殷商後期中央王朝都城的所在地，所以稱為殷墟。這些甲骨基本上都是商王朝統治者的占卜紀錄。占卜所用的材料主要是烏龜的腹甲、背甲和牛的肩胛骨。從殷商的甲骨文看來，當時的漢字已經發展成為能夠完整記載漢語的文字體系。

2. 羅振玉（1865-1940），生於江蘇淮安，祖籍浙江上虞。初名寶鈺，後改名振玉，字式如，又字叔蘊、叔言，號雪堂，永豐鄉人，晚號貞松老人、松翁。1911年辛亥革命爆發，與王國維等避居日本，從事學術研

究，1919年歸國，住天津，1921年，參與發起組織「敦煌經籍輯存會。1924年奉溥儀之召，入值南書房。1928年遷居旅順。九一八事變後，參與策劃成立偽滿洲國，並任多種偽職。1937年退休，死於旅順。

3. 明義士（James Mellon Menzies, 1885-1957），字子誼，祖籍蘇格蘭，其祖父移居加拿大，祖輩、父輩皆以務農為業。1914年，明義士夫婦被派往彰德府（今安陽）宣教，由此成為明義士一生的轉折點。在那年春天一次偶然的機會，他與商代故都「殷墟」結下了不解之緣，成為懷著純科學的目的造訪殷墟的第一人，比甲骨學大師羅振玉到殷墟考察早了整整一年時間。從此明義士用畢生的精力對商代甲骨文和青銅器等文物進行研究，取得了令人矚目的成就。

吳小二之死

柘城西門內有一吳小二，16歲；
他最歡喜的事就是歡呼飛機投彈；
每每飛機一至，輒當即狂吼亂叫
興奮莫名，追蹤於機下；見逃避者
就一通罵；家人亦拿他莫法，任其
瘋癲。1930年7月8日上午10點
蔣軍飛機一架臨空，吳小二一見
如獲財寶，雙手高舉、朝天迎接，
並仰面尖叫：「給我一個炸彈。」
飛機向東，他亦向東；飛機向西，
他亦向西；適為機上人發現，雖以為
古怪，也怕是鬼怪，即向低空衝來
一待目標準確，便投去二十餘磅
炸彈一枚，恰落在吳小二之身前，
當場將其炸得骨肉飛騰、血光飛濺。

揚州尼姑

諺云：東台和尚揚州尼。那意思是：
揚州尼姑多；多到什麼程度？
「南朝四百八十寺，多少樓臺煙雨中。」
有人計算過，僅1930年，揚州尼姑庵
就達308所，居全國之首。其中西門
吉祥庵（該庵尼姑繡品極佳，香肚兜
最為出色）、賢良街睡宮庵之尼姑因豔跡
聞名。而南北河下一帶，亦為尼眾之
雲集地。其中窮庵富庵均深藏不露也。

山西太谷縣的小學教員如是說

　　教員由高小畢業生、老秀才、落魄商人構成，
師範畢業生（反最恨教書）多鑽營去了區政府
謀差，做收稅員。教書是小而又小的事，要緊
工作是巴結村長──送禮、寫報喪喜帖、造飯；
其次是睡覺、抽煙、看小五義等書；絕對不能
打球跑跳，此事村長屬禁，老教員也大為鄙視。

馬杏林的下場

這縣裡個個聳肩縮背，臉面青紫，真秀色可餐？
這縣裡個個往來幢幢，飄飄浮浮，似人似鬼？
其中佼佼馬杏林，二十年前為縣城二等富戶，
坐擁金錢累萬，肥田十餘頃；家有老母妻妾各一，
兒女數人，皆伶俐活潑，聰慧可愛。杏林萬事
不操心，就度他那悠悠光景；不覺中，其福報引來
群起之暗嫉。某白相人撩惹這無事人（馬杏林）
誘其紮嗎啡、吸白麵，如今，杏林之財產已隨烏煙
化為烏有，行乞也迫在目前。其68歲之老母為避
餓死，也圖所剩時日有個飽暖，遂當即改嫁西區
高家莊胡某為妻。而杏林之妻妾兒女亦逃至天邊外。

龜尖風

那13歲清秀少年，忽於日前在上海吹了怪風；
剎那間，背如彎弓，翌日變成駝背，醫不好的。
據雲所吹之風為龜尖風，屬於百年難遇者也。

隴南大慘劇

據1931年1月8日《大公報》說
甘肅隴南十三縣遭匪人馬廷賢殺掠
狀之慘烈令「揚州十日」「嘉定三屠」
頓消顏色。譬如：一、將數歲幼兒放置
門板上，更在幼兒上覆一門板，匪獸
四五人在門板上蹂踏，直到幼兒腦漿
迸出，五臟齊裂。二、以火燒烤婦女時
綁縛列掛，剝去衣服，或由產門煎油
灌注，或以炭火塞進產門，或以油
灌耳。（豈有這等科學衛生之燒烤法）
三、屠殺絕不一刀殺死，多半截斷四肢，
或斫其頸項，只留氣食二管，拋棄街上
任其慢慢痛死。另據統計，自馬匪部眾
開烤人肉以來，共烤死民眾不下三萬。

1930-1931：甘肅之慘超越河南

一

甘肅人無飯吃，這一年，大多賴辟穀丹苟延殘喘。
且看這丹之構製：核桃仁黃蠟芝麻等。每食一丸
（約四五錢重）可忍三日之餓，但食丹多日，若再
吃米飯，即當場脹死。據調查，甘肅數百萬同胞，
這一年因服辟穀丹而死者足足有十分之二也。

二

另，蘭州一帶降黑霜，秋禾盡殺無餘。撇開此巨構
不說，再睹隆德縣屬門扇岔鎮，有三戶人家，丈夫
早餓得棄家出走，留下三少婦王郭劉氏守門戶，三
婦人餓得難忍亦棄家外逃，結伴行乞。唯討食寂寂，
餓得要死，終想出一妙法：竊抱他人小孩，在一
古窯中割殺切碎煮食之。後經發覺，悲呼！
那窯內已積了三十多具孩兒骨骸呢。

平壤華僑傷亡備案

1931年，7月7日晚9時，平壤華僑幾慘遭滅頂，
所有華僑500餘家，無一倖免。朝鮮青年手持長棍
短刀，遇華人即殺，並狂叫「打死胡人」（華人）
當此一夜，殺死男人71名，女人12名；
負重傷者，男人64名，女人9名；
負輕傷者，男人33名，女人6名。殘殺時間
亙二日之久，被殺者至216名，傷者500餘名

小紅軍田少蘭之最後二年

田少蘭，14歲，重慶人，1929年隨父
來武漢，不知緣何與其父斷絕了關係。
旋犯案被漢口公安局關押，經某師下級
軍官保出並與之結婚，但惜好景不長，
田動輒私奔，搞得其夫防不勝防，焦頭
爛額，求公安公安不管，求法院法院
不理，最後只好自行宣布與田一刀兩斷。

田雖享自由，但不事生計，又舉目無親，
便投漢口婦女濟良所。另有某師軍官將
其領出並結婚。不久，軍官奉命去河南；
田隨之，在廣水站下車購物，趕脫火車。
遊逛中，遇到共產黨，派去豫南光山縣
紅軍醫院做護士。其才智開始引人注目
（田剛初度15年華），即升任婦女部長。

後又變身為偵察員，派去廣水摸敵軍情報，
多次被公安局逮捕，但觀其年幼及說話混亂，
只好將她作為神經病人開釋。田亦有絕招，
憑其青春與當地軍官（之前她兩次與國民黨

軍官結婚，已足具與下級軍官交往之經驗）
團防局座均有染，因獲可靠軍情，並報告
紅軍，紅軍及赤衛隊每每進攻都旗開得勝。

譬如第三師第五新兵團駐防廣水時，紅軍
幾乎全殲之，該團團長趙能定也為此判處
無期徒刑，在陸海空軍監獄湖北分獄服刑。
而攻陷廣水那天，田大出風頭，忘了其潛伏
的工作性質，跳跳蹦蹦，狂呼口號，又騎馬
兜風，給人牢記。1930年冬，田化妝後又去
廣水偵察，這次被當場捉住並轉軍法處審判

1931年1月25日午，田仍懵懵懂懂，插標
捆綁後，還不知何事；待押至近怡園電訊間，
見觀者如堵，神色才稍變，但仍困惑。繼續
昂首前行，奔赴最後之槍決地（當然她不知）
──江漢關。田站定了，也不哭泣，只東看
西看，「砰」地一聲，子彈從後腦射入，短髮
長袍布鞋及略帶男生氣的她，當即倒地而斃。

河南慢

這時代崇尚快，但河南總是慢的；
它，以不變對萬變。

光景匆匆，來到了1931，
在河南
男人依舊拖著髮辮，
女人照常步起金蓮；

即便是女子師範學校的學生，
亦推小足為美之典範。

哀哉（或歡呼）？
河南風氣閉塞，若玄冰之凍；
河南民智頑固，若花岡之岩。

在創建力行社¹的那些日日夜夜裡

在南京明孝陵一里外，中山陵右下坡松林中的
蔣介石小別墅裡，會議已持續了三個晚上。
這天是婁紹愷第一個發言，接著是干國勛、
彭孟輯、易德明、戴笠；時近午夜，裝束清潔、
戴著眼鏡的滕傑，站立屋子中央，氣壯山河地
表達著決心：「……完成革命，建設國家。」
此刻，蔣介石言簡意賅地直接說話了：「日本
軍閥準備侵略中國已五十年了，其陸海空均已
現代化了。一旦戰起，我們官兵在前線，幾不能
抬頭瞄準射擊，只有挨打犧牲。犧牲完了，只有
後退，退到最後再無可退之地，亦無可用之兵時，
便只有訂城下之盟。城下之盟一訂，便是亡國
滅種。」接著，蔣介石真心地對他的弟子們說，
他確有30萬軍隊，要當所謂的民族英雄，太容易，
但自殺性地抗戰其實是將危機轉嫁給後代。因此蔣
宣稱：「我所能做的是忍辱負重。決不輕言作戰。」

注釋

1. 力行社，是中國國民黨的一個內部組織。1932年仿意大利黑衫黨組建，
其目標是克服日本入侵危機、制止國民黨腐化墮落。力行社由三個不同
功能、不同名稱和彼此相對獨立的層級組織所構成。頂層是「三民主

義力行社」，是最高決策和指揮層；第二層包括兩個組織，即「革命軍人同志會」和「革命青年同志會」，為承上啟下的決策執行層；第三層是「中華復興社」，為領導群眾，直接執行決策的階層。在「中華復興社」之下，還設有一些外圍團體，如「民族運動委員會」、「中國童子軍勵進會」、「西南青年社」、「中國文化協會」和「忠義救國會」等。這些外圍團體實際構成了力行社的第四層。

力行社社員的吸收，採層級遞進制，先入「中華復興社」，次由「中華復興社」社員提升為革命同志會會員，再由革命同志會會員晉升為「三民主義力行社」社員。能由同志會升入「三民主義力行社」者很少。整個組織具有高度祕密性和鐵的紀律。組織內部只有縱向聯繫，而無橫向聯繫；只有自上而下的集權，沒有自下而上的民主；只有上層組織成員領導和指揮下層組織，而下層機構的成員除幹部外，不知有上層組織的存在。

力行社從發起宗旨，到組織形態，均顯示出是一個龐大的具有嚴密組織系統的準政黨團體。力行社作為一個組織的存在雖然只有短暫的6年（1938年取消），但它所輻射出的組織能量卻是驚人的，其觸角幾乎伸展和滲透到中國政治社會的各個領域；其組織結構的嚴密性、複雜性和內部協調性亦非既有的國民黨黨機器所能企及。數十萬人的規模更是戰前國民黨內其它政治派系所無法比擬。戰前國民黨黨員人數，據1937年1月的統計，總計亦不過165萬人，內中有名無實的軍隊黨員約占101萬，海外黨員約占11萬，國內普通黨員不到53萬人。力行社成員中只有一部分具有國民黨黨員身分。力行社的組織規模也反映出它不是一個普通的政治派系，而是一個自主性和組織力均甚強健的，堪與國民黨黨機器相頡頏的準政黨組織。

力行社成立前後，正是蔣介石內外交困時期。故蔣對力行社期待甚殷。1932年3月3日蔣日記載：「晚與力行社幹部談話，約三小時，冀其有萬一之成也。」其後數月間，蔣經常約力行社幹部談話，細心指導力行社的工作。蔣介石認為國中「反動之力甚大，非鐵血不能解決」，有意將力行社打造成一個鐵血組織，致力於特務、情報工作。他花了近兩個月的時間認真閱讀《俾斯麥傳》，閱後「深有慨也，故批曰：病弱之國，惟鐵與血、危與死四字乃能解決一切也。尤以利用危機以求成功為政治家惟一特能也。」緊接著，他又閱讀了《各國情報之內幕》一書，

深歎「情報精巧與重要，實為治國惟一之要件」，「閱之手難釋卷，甚恨看之不早也。」之後，蔣再次閱讀了《俾斯麥傳》。而外間也很快紛傳藍衣社乃法西斯組織。1932年7月9日，《大公報》專門致電蔣介石，詢問蔣介石是否確實組織有「法昔司蒂」。蔣矢口否認。

據力行社成員回憶，在1932年上半年，無論國家大小事情，蔣介石多與力行社商酌，備為諮詢。力行社一度成為參與國家最高決策的機構。但從1932年下半年開始，蔣介石對力行社的態度逐漸發生了改變。在蔣介石看來，力行社幹部最大的問題是「幼稚」。力行社成員後來的回憶表明，在1932年下半年以後，蔣對力行社的態度由高度信任漸趨於冷淡。力行社與蔣的關係，亦由一個參與決策的組織逐漸轉變為一個純粹的決策執行組織。1933年1月，蔣介石訓令力行社的職責是：「一鋤奸商，二除漢奸，三誅反動。務以實行而代宣傳。」蔣介石還親自擬定力行社誓詞：「服從領袖，實行主義，嚴守紀律，執行命令，盡忠職務，保守祕密，如有違犯，願受極刑。」力行社越來越趨向於專門從事特務、情報和暗殺的組織。

蔣介石的絕望

　　酷愛清潔衛生的蔣介石看著自己指揮的農民軍隊綁腿繫不緊，褲子扣不好，抽煙、吐痰、瞌睡；而日本和德國軍隊的公共衛生卻有一種精細之美；以上這不同風度與倫理的細節之混淆對比，令蔣說出如下自暴自棄的話：「中國人怕死。作為個人他們很聰明，但他們只顧自己的利益而不願犧牲自己。中國非常浪漫。紀律被拋棄了，法律和秩序容忍蠻人，而所有禮貌和榮譽的高尚德性都丟失了……中國人的虛榮心非常強烈。最大的毛病是虛假和欺騙……中國人作為缺乏個性的現代人，尤為無禮而不知純潔。到處是骯髒和污垢到了極點……所有這些都顯示出一種對國家有害的心態……一切都很骯髒。」怎麼辦？怪事來了：1933年，在中國談論法西斯主義是一種時髦。一般民眾亦熱衷於此。

日軍炸彈的威力

在1933年1月23日的開魯城達到頂峰，
宏大的死亡在此暫不述，且看如下細部：
一個鄧連長的身體上半段被炸到幾條街外面去了。
一整頭牛從城內炸到城外去了。

有一個兵士，腹部被鐵片割開，腸子往外流；
但他還能說話，他對圍觀的人說，他是不會死的，
並請人把他抬入屋裡；人們把他抬進屋裡後，
一會兒，他就死了。

另有被炸成重傷而經過兩三天仍未死的牛馬豬，
在開魯這座空城（人已逃光）日夜之寒冷與死寂裡
發出斷續地悲鳴與慘叫，聲傳數里之外
令人聽來毛骨悚然。

陸海防

　　　　　沈醉抓住他時，他就咬沈醉的手腕。沈醉便用手
　　槍柄猛擊他的嘴部，把他的門牙敲掉了。然後沈醉把
　　他與自己銬在一起直到他的助手趕來。

　　　　　很快，沈醉帶著陸海防去見他的妻子，他們進去
　　時發現她正在燒毀文件。她怒斥自己的丈夫說：「你
　　沒有死掉？你有臉這樣來見我，我沒有臉見你這個叛
　　徒！」這對沈醉來說是一次很好的教訓：父子和夫妻
　　關係對共產黨人來說與對國民黨人不一樣。

　　　　　　　　　　──沈醉：《軍統內幕》，第64頁-66頁。

他是共產國際在遠東最高領導人的英語翻譯。
瞧：還沒有人碰他一下，僅僅在他面前擺出
刑具，陸海防就當場向軍統出賣了他的上級，
從此，他成為老共產黨員中投降最快的一個。

應修人¹之死

1933年5月的一天，曾經的湖畔派詩人（他
去蘇聯待了幾年，回國後成為地下共產黨員）
應修人（現也是左聯作家、兒童故事作家）
懷揣一個祕密使命，到達江蘇昆山附近的一座
樓房時，武裝警察正在等著他。在緊接下來的
搏鬥中，應修人被猛烈地推出窗外，摔死。

注釋

1. 應修人（1900-1933），浙江寧波人，字修士，筆名丁九、丁休人，現
   代作家。1922年同潘漠華等合出詩集《湖畔》。1925年「五卅」運動中
   他加入了共青團，「五卅」運動後轉為中共黨員。1926年年底，廣州黃
   埔軍校擔任會計。著有童話《旗子的故事》和《金寶塔銀寶塔》等。

另一種傳統

戴笠的特工訓練單位設立在南京洪公祠[1]。
我多年後（1990-1997）常去那裡見識
古風。王曉鷹猶在[2]？還提著一個小木椅？

軍統從浙江中部山區嵊縣招來了眾打手[3]，
上海許多幫會分子和詐騙犯都來自那裡。
殺氣重的文人兼官員胡蘭成[4]也來自那裡。

注釋

1. 南京市白下區三元巷洪公祠1號，為南京市公安局所在地，出入境管理處
亦在此處。1990-1997年，我常去那裡，最後一次去那裡是2002年春天。
2. 一個很有趣的南京人，極富喜感，給我留下難忘的印象。
3. 為何非得在嵊縣招打手？且看胡蘭成對自己以及嵊縣人的剖析：

> 弟生長山鄉，岩危水急，地瘠民悍，自讀書至做事，極喜任俠
> 與人鬥。中日戰爭時在淪陷區，亦與周佛海、李士群及汪精衛先生
> 及日軍之將官鬥，凡鬥皆勝，迫諸人既死，餘者為囚，……（薛仁
> 明主編；杜至偉，顧文豪箋注：《天下事，猶未晚——胡蘭成致唐
> 君毅書八十七封》，爾雅出版社，2011年，第39頁。）

> 我自問很寬和，但其實很喜歡殺伐，老子說的天地不仁，就是
> 這種清堅決絕，使人精神都好起來。（同上，第53頁。）

4. 見本卷〈今生今世胡蘭成〉注。

北平的天橋

國破山河在，1933，天橋獨繁華；生活，
日復一日，去那估衣鋪買舶來品，
去那低頭齋買死人鞋；餓了就吃碗豆汁，
也吃那煮在大鍋裡的綠黑的羊腸。

相聲沟沟、戲法沟沟、狗熊沟沟；
把勢哄哄、說書哄哄、吃茶哄哄……
唱二簧的，大金牙旋起「雲裡飛」[1]。
「肉屏風」[2]不倒呢？是張狗子在摔跤吧。

那賣胰子的（專賣一種藥皂）手提
一個藍包袱，發出的吆喚聲，異常神祕；
令人聽過便永誌難忘：蹭……蹭油兒的呀，
擦……擦癬的呀，治腳巴丫兒的呀……

提籠架鳥者，晚酒飯後煙裡，來湊熱鬧，
抬頭看：落日鎔金[3]，古玩攤猛似老虎攤；
那歡喜佛也遭受了笑氣的事哩，在人間，
在北方，最是那一溜簷的算命與鑲牙。

注釋

1. 「雲裡飛」，當時北京天橋著名雜技演員，類似於《水滸傳》中飛簷走壁的鼓上蚤時遷。

2. 「肉屏風」，當時北京天橋著名摔跤表演者，時人稱其為「張狗子」。「肉屏風」是十分形象的說法，使人聯想到日本的相撲運動員。「肉屏風」典出《開元天寶遺事·肉陣》：「楊國忠於冬月，常選婢妾肥大者，行列於前，令遮風。蓋借人之氣相暖，故謂之肉陣。」

3. 出自李清照〈永遇樂〉詞：

> 落日鎔金，暮雲合璧，人在何處？染柳煙濃，吹梅笛怨，春意知幾許！元宵佳節，融和天氣，次第豈無風雨？來相召，香車寶馬，謝他酒朋詩侶。
>
> 中州盛日，閨門多暇，記得偏重三五，鋪翠冠兒，撚金雪柳，簇帶爭濟楚，如今憔悴，風鬟霜鬢，怕見夜間出去。不如向、簾兒底下，聽人笑語。

一日三跳

讓我們把目光聚攏在1933年6月1日，上海

上午八時，一老人在浦東爛泥渡渡口，縱身投水
自盡，被船夫救起；供稱張文民，61歲，湖南人
在滬謀生不成，為免餓死，決定投江。

又上午十時，一青年在法租界公司碼頭，雇乘
舢舨，渡往浦東隆茂碼頭，至江心，忽縱身入水
自盡，被船夫手快救起；供稱李德忠，24歲
富陽人，來滬謀業不果，遂起死志。

午後十一時半，一中年男子，在五馬路碼頭
搭乘日清公司班頭小輪昆山丸，在朝南駛至
小東門附近浦面，該男一躍入水自盡，被船夫
用竹篙套救上船；供稱趙祖光，31歲，寧波人
身患癩疥瘡，不能治癒，只想早死。

以上事湊了巧了，老中青三個階段之三個代表
做一日之三跳。特別記錄於此，備忘。

1934：在泰山，馮玉祥的思與行

1934之迎新春曲剛罷，泰山五賢祠又迎來了
馮玉祥將軍。「我自己的志願是上山拚命讀書
下山拚命抗日。」此句當是將軍上山之寫照，
且看他上山後，如何鍛煉心智──首先在
臥雲台建馮氏讀書室，內設木製書架十一具，
陳列中外科學書籍報章雜誌等，尤以古代經史
為主。「我幼時讀書甚少，所以趁此機會，要
想多讀點書，每天早起，跑山跑得出汗，
擦了汗吃點東西，八點上課，十一時下課。現在
念的中外政治學經濟學，並研究白話文、白話詩。
有人曾問我對念書的興趣怎樣，我若一天
不念書，就覺得無聊乏味，所以我最近由友人
介紹，從無錫請來生物學、心理學兩位先生，
我想在這上頭用點功夫。」又從中可見馮將軍
學習興味的廣泛。一天，他去一悠悠古樹下閱讀，
途經茶棚，見懸鳥四籠，便問玩鳥者，你們能
聽懂鳥話嗎？待眾人還沒反應過來，他說道「
它們現在叫著三種意思，一、上月的鹽，一斤
一毛錢，現在一毛八。二、紙元寶，過時了，
若不改業，生意不好。（因茶棚兼賣紙元寶）三、

你們的孩子都很聰明，為什麼不上學呢，趕快念書，趕快念書。」聞者為之燦然。馮將軍讀、思之外，也大力介入當地生活。他將從江蘇友人送來的萬株茶樹，煙臺友人送來的蘋果樹種，分贈五賢祠馬先生、回教于先生、普照寺和尚等，還派人去南方考察種植方法，「如果種植得宜，茶樹每畝可得利三百元，較之農民副產物之棉花，獲利尤多。」這一節是馮將軍最為念茲在茲的，「總之我有一分力，可以使貧民得點好處，我就想替民眾謀點利益。」

注釋

1. 馮玉祥（1882-1948），原名馮基善，字煥章，祖籍安徽巢縣，寄籍河北保定，國民革命軍陸軍一級上將，蔣介石之結拜兄弟。馮氏篤信基督教，並利用宗教力量來控制軍隊，故有「基督將軍」的稱號；另，馮還有「倒戈將軍」和「植樹將軍」的稱號。著有《我的生活》、《我所認識的蔣介石》。

在上海，白薇[1]說……

「劇本，我還有兩大箱子。

浪漫主義的。

寫九一八的，寫一二八的。

這許多，還不是堆在家裡。」

當此

1934年一個春雨霏霏的傍晚

她繼續說：

「最近患關節炎，醫生說要開刀，

我想到日本或者北平去治，

可是要七八百元，我哪裡有？」

注釋

1. 白薇 (1893-1987)，湖南興寧縣 (今資興市) 人，原名黃彰，其父黃晦，曾留學日本，參加同盟會。1918年，為擺脫家庭包辦婚姻，隻身逃往日本。在日九年，貧病交加，做過女傭、咖啡店下女，後畢業於東京的一所高等女子師範。九一八事變後，在臥病在床的艱難中，相繼發表《北甯路某站》、《致同志》、《火信》等抗日作品。

　　有關白薇還有一節故事：她曾和詩人楊騷有一個約定，即等楊騷在新加坡嫖妓超過一百人之後 (即楊騷真正懂得女人之後) 再與他結婚 (參見劉仰東編著：《去趙民國：1912-1949》，三聯書店，2012，第17頁)。

季羨林〈清華園日記〉一則

1934年5月17日看了一部舊小說《石點頭》，短篇的，描寫並不怎樣穢褻，但不知為什麼，總容易引起我的性欲。我今生沒有別的希望，我只希望，能多日幾個女人，和各地方的女人接觸。

（參見劉仰東編著：《去趟民國：1912-1949》，

三聯書店，2012，第21頁）

張競生¹援手垂暮之賽金花²

張為拯救即將老死的她
各方呼籲奔走
所得款項如下
（1934年秋）：
黃樑夢君5元，
江鏡蓉君2元，
郎魯遜君2元，
蔣元芳君1元，
張競生15元，
以上五位共25元。

注釋

1. 張競生（1888-1970），原名張江流、張公室，廣東饒平人。二十世紀二三十年代中國思想文化界的風雲人物，是哲學家、美學家、性學家、文學家和教育家。1934年，京城名妓賽金花晚年落難，窮困潦倒，張競生不顧毀譽，仗義為賽金花主持捐助活動，並公開發表致賽金花的慰問信。

2. 賽金花（？-1936），原籍安徽黟縣，生於江蘇蘇州，原姓趙，是一個生活在19世紀末20世紀初葉，具有傳奇色彩的中國女子。她曾作為公使夫人出使歐洲四國，也作為妓女而知名上海，還在八國聯軍入侵北京後，起到了勸說聯軍統帥，保護北京市民的作用。賽金花的出生日期有很多說法，主要有1864年、1871年、1872年、1874年幾個版本，由於出生日期未定，其生平事蹟中的年齡亦有不同說法。

孫佩蓉自殺後之形象

該女屍身穿青毛葛大衫，

內襯粉紅與花布小褂，

紫紅花絲葛夾褲，

紅布單褲，

白襪青絨方口鞋，

剪髮天足，

青緞斗篷掛於床欄，

周身膚色慘白青紫，

經檢驗後，

確係服用西洋毒藥致死。

惠安少女結盟自殺案

1934年6月25日,惠安縣黨部專門針對惠安九少女結盟自殺案件,致函縣政府:「逕啟者,頃據報,本月二十一日晚,本城北門發生婦女結盟投水自殺案,同死者至九人之多,實屬駭人聽聞,查本縣除惠北外,凡女子出閣後,僅於年節之日如除夕七月半,得回夫家數日,餘均在母家,以致夫妻隔別,姊妹聯盟,而厭世自殺之案,遂層出不窮,此種惡俗,由來已久,長此不加革除,後患曷極,相應函請查照,務希嚴傳本案死者之家長,加以徹底法辦,一面出示曉諭嚴禁,務使夫婦實行同居,共享家庭之幸福,並由家長嚴加教育,勿容越軌之行為,以重人命,而挽頹風,至級黨便。」

——引子

黨部致函,情況盡知。對於惠安女,在此多說幾句:
女皆大足,耕於野,負重於道途,石工、泥工、碼頭工,一切農工之工作,全由惠安女包辦。男人則居家,洗衣做飯帶小孩。惠安女雖為家庭之台柱,但地位亦極卑下,加之夫婦終是牛郎織女(此怪俗再參見以上引子),女人只能結盟為伴,相互傾吐,

以慰痛苦與寂寞。而聯盟自殺之風也因此頻發。

如下且看，此次自殺案之前因後果：

潘贊之女潘盛，去年八月嫁雙壚碑施文仲，遭虐，施旋即又流為匪徒，遂生厭世之念。潘坦之女潘葉訂婚陳春生，而陳家已先有養媳，遂覺前途坎坷。陳雪華之妹陳環，訂婚王卓之子，那兒子體質弱小也感幸福難保。三女迅速決定連環招姊妹九人結伴自殺。6月21日夜九時，九姊妹穿烏雲紗新衣襖，足著木屐，至北門外後宅潭，以繩相互捆綁成串脫木屐排列潭邊，齊投水、同歸天。

九女姓名（除二人不詳外）均記錄在案：
潘松姑16歲；潘盛19歲；潘葉19歲；潘慣15歲；
潘芹17歲；潘徒19歲；陳環16歲；潘灶之女
（名未詳）13歲；陳青水之女（名未詳）16歲。

小說李金寶砍人

依舊是1934年秋日的一天，更精確地說，10月
24日上午在上海閘北物華路華南里，李金寶持刀
傷人十名。為什麼？回頭看，脈絡出，當細述：
那李金寶，25歲，與母李劉氏（65歲）住華南里
18號，一家生活全仗金寶在紗廠做工；金寶曾
娶妻，可惜去冬病故，金寶幾欲慟絕；但，歡喜事
亦潛至，當春乃發生。這不，本年剛開春，金寶就
在工廠識得一揚州少女，工作之餘，稍有閒暇，
金寶便執子之手，相攜外出，在風景中徒步、談心
戀愛；說來巧，某次竟被女方父兄瞧見，且邊
問罪於金寶，邊令其納采一百元，與女成婚。

如許鉅款，從何而來，金寶與母上下計算商量，
李劉氏決定回鄉（揚州）出售幾畝田地。在鄉
盤桓數月，卻無人購買。金寶頓時氣洩，不久
神經失常，但舉動尚安靜。豈知該日上午11時許，
金寶突然咆哮，打爛門窗，從屋內躍出，衝向街市
的羊肉攤及水果攤，抓取兩把尖刀，當空亂舞。
崗警榮會川（27歲，安徽人）上前喝止。斯時，
金寶本性盡失，竟揮刀砍向崗警，榮頭部中傷，

並不退卻，狂吹警笛，呼喚協助；那金寶不管這些，
一味橫衝直撞，逢人便殺，直至大批武裝警士趕到，
方費力將其擒獲，押回警局候究。傷人一覽如下：

除被傷警士榮會川外，揚州人張肇林50歲，中二刀，
傷頭部面部；杭州人廖茂林，57歲羊肉攤販，傷頭部；
江玉山，32歲傷頭部；紹興人鮑阿四，40歲，水果
攤販，傷肩部；揚州人孫雲林，17歲，仙仙麵店學徒，
傷頭部；林連生，16歲，成衣店學徒，傷頭部；
胡阿大，18歲，傷肩部；陸根生，2歲，傷頭部；
陳寶生，45歲，傷頭部。除榮會川傷重住院外，其餘
皆輕傷，現已略予包紮後，分別離開了同仁醫院。

胡適¹在香港說

廣東自古是中國的殖民地，
中原的文化許多都變了，
而在廣東尚留著。
像現在的廣東音是最古的，
我現在說的才是新的。
又比方我們的祖宗是席地而坐的，
但後來我們坐椅子了。
這種席地而坐的習慣
傳到日本至今仍是一樣。

難道燈與車可以變
（青燈變電燈，馬車變汽車）
思想和文化便不可以嗎？

這地方（香港）美極了，
（尤其是在1935年1月初）
各位應該把它做成南方的文化中心。

注釋

1. 胡適（1891-1962），安徽績溪人，原名嗣穈，學名洪騂，字希疆，後改名胡適，字適之，筆名天風、藏暉等。現代著名學者、詩人、歷史學家、文學家、哲學家。因提倡文學革命而成為最有影響力的新文化運動的領袖之一。

婦女問題

　　某女子中學推出並表演中國六女傑：

　　武則天、嫘祖、王昭君、班昭、花木蘭、秦良玉[1]。

　　從此榜單可見殺氣重重，大部分婦女「是欣慕

　　戰士的，女子打仗是變態，⋯⋯所以不希望

　　她們做女子模範。」（周作人）[2]

注釋

1. 武則天（624-705），又名武曌，中國歷史上唯一一個正統的女皇帝
   （唐高宗時代，民間起義，曾出現一個女皇帝陳碩真），也是繼位年齡
   最大的皇帝（67歲即位），又是壽命最長的皇帝之一（終年82歲）。高
   宗時為皇后（655-683）、中宗和睿宗時為皇太后（683-690），後自
   立為武周皇帝（690-705），改國號「唐」為「周」，定都洛陽，並
   號其為「神都」。史稱「武周」或「南周」，705年退位。武則天也是
   一位詩人和政治家。

   　　嫘祖，一作「累祖」，傳為西陵氏之女，是傳說中的北方部落首
   領黃帝軒轅氏的元妃。她生了玄囂、昌意二子。玄囂之子蟜極，之孫
   為五帝之一的帝嚳；昌意娶蜀山氏女為妻，生高陽，繼承天下，這就
   五帝之一的「顓頊帝」。《史記》提到黃帝娶西陵氏之女嫘祖為妻，
   她發明了養蠶，為「嫘祖始蠶」。

   　　王昭君，名嬙，字昭君，乳名皓月，漢族人，漢元帝時期宮女，
   西漢南郡秭歸（今湖北省興山縣）人。公元前33年，北方匈奴首領呼
   韓邪單于主動來漢朝，對漢稱臣，並請求和親，以結永久之好。漢元帝
   盡召後宮妃嬪，王昭君挺身而出，慷慨應詔。昭君出塞後，漢匈兩族團
   結和睦，國泰民安，「邊城晏閉，牛馬布野，三世無犬吠之警，黎庶忘

干戈之役」，展現出欣欣向榮的和平景象。王昭君去世後，厚葬於今呼和浩特市南郊，墓依大青山，傍黃河水；後人稱之為「青塚」；到了晉朝，為避晉太祖司馬昭的諱，改稱明君，史稱「明妃」。

班昭（約45-約117）一名姬，字惠班。漢族，扶風安陵（今陝西咸陽東北）人。東漢史學家，史學家班彪女、班固與班超之妹，博學高才，嫁同郡曹壽，早寡。兄班固著《漢書》，八表及《天文志》遺稿散亂，未竟而卒，班昭繼承遺志，獨立完成了第七表〈百官公卿表〉與第六志〈天文志〉，《漢書》遂成。帝數召入宮，令皇后貴人師事之，號曹大家（此處讀平聲gū）。善賦頌，作《東征賦》、《女誡》。班昭為中國第一個女歷史學家。

花木蘭，古代傳奇女性人物，女扮男裝，代父從軍，12年間屢建奇功。因北朝〈木蘭詩〉而名傳青史。

秦良玉（1574-1648），明朝末年戰功卓著的女性軍事統帥、民族英雄、軍事家。曾率「白桿兵」參加平播、援遼、平奢、勤王、抗清、討逆（張獻忠）諸役。累功至大明柱國光祿大夫、太子太保、太子太傅、少保、四川招討使、中軍都督府左都督、鎮東將軍、四川總兵官、忠貞侯、一品誥命夫人。死後南明朝廷追諡曰「忠貞」。

2. 周作人（1885-1967），浙江紹興人，原名櫆壽（後改為奎綬），字星杓，又名啟明、啟孟、起孟，筆名遐壽、仲密、豈明，號知堂、藥堂、獨應等，散文家、文學理論家、評論家、詩人、翻譯家、思想家，中國民俗學開拓人，新文化運動的傑出代表。

甘陝紅軍閒暇時

將其身體保持得十分強健。1936年秋，
多數戰士在17至23歲之間，指揮員稍長；
那時戰事幾無，他們平常就上上政治課，
讀讀免費報紙，種種煙葉，修修窯洞……

七君子'的監獄生活

沈均儒李公樸史良鄒韜奮沙千里王造時章乃器
在羈押蘇州高等法院看守所時期（1937），一般生活如下

每日清晨起來必先運動，行深呼吸或練拳或慢步或思索
吃過早飯，或看書或寫文章或習書法；
午飯後睡眠；下午又行鍛鍊，譬如在院子裡，玩玩隊球

李公樸太太張曼筠說：「他已寫了不少隨感錄，同時預備
編一部關於民眾教育的書籍，現在正忙於搜集材料。
身體方面，已較以前康健得多。

除史良她自己燒菜吃，他們六個是吃的八元一月的包飯，
每月由各人的家裡帶三四十元去，供他們伙食和零用。
所以在他們生活方面，倒還不受什麼痛苦。」

注釋
1. 指被國民黨當局逮捕的愛國會領導人沈鈞儒、鄒韜奮、李公樸、章乃
器、王造時、史良和沙千里。1936年5月，沈鈞儒、鄒韜奮等著名人士
響應中國共產黨建立抗日民族統一戰線的號召，在上海發起成立全國各
界救國聯合會，要求國民黨停止內戰，釋放政治犯，並與中共談判，建
立統一的抗日政權等。對此，國民黨以「危害民國」的罪名，逮捕了沈

鈞儒、鄒韜奮等七位救國會的領導人,這就是轟動一時的「七君子事件」。事件發生後,全國各界掀起了聲勢浩大的營救運動,國民黨政府被迫將七人釋放。

望氣者吳佩孚[1]

1937年6月的一天，故都，微雨，什錦花園；
巨樹數十棵，秀出於清整嚴肅之水磨磚牆；
院內雜花錯落，中有鳴禽，如此幽豔宏富之
環境，哪有老去英雄唯種菜之鄉野氣呢。

（主人吳佩孚日日夜夜就在這裡讀書、
著述、打坐（之後必食蜜柑），
或與江朝宗[2]等辦明經學會）

吳佩孚起身：「來已久乎？」
以柔婉和平之齊音招呼剛進屋的
《申報》記者，微笑間，可見數齒鑲金，
燦然作光。言畢，又以其著作《春秋左傳淺解》
相送並告之「可細讀」。

接下來訪談登場，二人從北方動盪之局勢
談到康有為、章太炎；吳還破譯了記者的姓名
「慧劍」：「君名慧劍甚佳，可以擔當國事，
此二字出於維摩詰經，以智慧劍破煩惱賊，
今日煩惱，要待此劍除解。」

當記者突問吳知道魯迅乎，吳頗恍惚，
記者急急寫下魯迅二字示之，
吳益懵然，曰：「我不讀民國以來的書，
故不知其人也。」

最後，吳也突然發力，與記者談起了南京，
並指責其形勢（風水）不宜於建都，謂
「我有夏口，且不能守，何況南京，齊撫萬[3]
留我共居南京，緊卻之，即有見於此也。」

趁便，吳引太炎輓民元烈士之聯為證：
「此地龍蟠虎踞，古人之虛言。」
半年後，南京果然淪陷，從此又見：
吳佩孚亦是一望氣者也。

注釋

1. 吳佩孚（1874-1939），字子玉，漢族，山東蓬萊人，祖籍江蘇常州
   （延陵郡）。1898年投淮軍，1906年任北洋陸軍曹錕部管帶，頗得器
   重，後升任旅長。護國討袁運動興起，隨營入川鎮壓蔡鍔領導的雲南護
   國軍，1917年7月，任討逆軍西路先鋒，參加討伐張勳復辟，同年孫中
   山組成護法軍政府。1919年12月馮國璋病死，曹錕、吳佩孚繼承了直系
   軍閥領導地位。1939年吳佩孚患牙病高燒不退，12月4日，日本牙醫受命
   於土肥原田二謀殺吳佩孚，吳在牙醫刀下當場身亡。國民黨政府追認為陸
   軍一級上將。

2. 江朝宗（1861-1943），安徽省旌德縣江村人，寄居六安州麻埠鎮（今
   屬金寨縣），是北洋軍閥重要人物。這位「前清遺老、民國偉人、社會
   名流」，於1937年7月29日，北平淪陷的第二天就成立了漢奸組織——

北平治安維持會，並親任會長；8月19日，江朝宗又當上了偽北平市市長。1943年病死於北京。

3. 齊撫萬（1879-1946），即齊燮元，撫萬是他的字，河北寧河（今天津市）人，曾任江蘇軍務督辦、蘇皖贛巡閱副使。1937年7月抗日戰爭爆發後，在北平投降日本，10月，與王克敏、王揖唐等組織偽政府籌備處，策劃成立偽華北臨時政府，12月任偽華北臨時政府清鄉總署督辦、議政委員會常委、行政委員會委員兼治安部長。1940年3月任華北政務委員會委員兼治安總署督辦、偽華北綏靖軍總司令，指揮偽軍在華北推行治安強化運動。1945年8月抗日戰爭勝利後，被國民黨政府逮捕。1946年在南京被處決。

紅軍在山西

紅軍到山西打日本去了，
沿途群眾不停歇地歡迎，
有的甚至天還沒亮就在路上等著；
到處是吃不盡的慰勞品：
麵包呀、稀飯呀、水果呀……
大堆大堆地堆在路旁。
特別是婦女們，唱著救亡歌曲，
刺激了戰士們的熱血。

吳振明的下場

上海江灣路法學院三年級學生吳振明，20歲，江北籍，家住閘北長官路德潤里八號。該生撰有警政大觀一書（從書名可知是一本胡亂編造的暢銷書）並呈請國府批示，久不得復，情急之下，吳同學乃偽造蔣委員長名片及印鑑一張，向本市俞代市長要求，代為介紹至警察局見蔡局長，以協助發行此書。吳之行為當場被揭穿，旋押解地方法院，提起公訴，處有期徒刑三月。

南京屠殺慘象之一

因連日滾動披覽浩瀚材料，造成：驚魂不定、
周身發抖；如題所示，只寫來慘象之一，
之二之三略去⋯⋯
光景又是1938年晚春時節，自南京
去年12月12日深夜淪陷至今，
已過去半年了，情況稍好些嗎，非也。且看：

南郊六郎橋十八村，此一帶民風強悍，居民
多為土匪，亦頗有組織。一日有日本兵三人，
到此處捉雞豬、找女人，當有王姓少女
被其輪奸。第二日，又敵兵六名前來，居民
大憤難忍，當場殺敵三人，餘三名逃去。
旋即，日本軍隊大批殺來，以機槍大炮猛攻，
居民驚恐，相率奔逃；繼而放火燒房，
且進村搜索，在福音堂內找到陳姓老婦三名，
皆六七十歲；日本兵竟將三老婦毒打，
並強迫脫去衣褲，頭插野花，遍遊各處，
邊走邊用刺刀劃其身體各部並撥動
乾癟老乳，令老婦怪叫，後再用小刀

亂戳其陰戶，老婦痛得昏過去了，
日本兵割下小足（六隻），狂笑而去。

抗日英雄亦嫵媚

　　最初他率領東北少年鐵血軍，盧溝橋事變後
他又組織了華北國民抗日軍，其中加入者有
他的母親趙老太太[1]（她可是早已聞名全球的
中國游擊隊之母哩，雖小足，卻動若風，使
雙槍，且彈無虛發）。這位將呼之欲出的抗戰
神話人物是誰呢？趙侗。他看上去那麼書生氣，
絲絨帽下有一張特別白皙的面龐，大眼黃眉
的他做起報告來，邊眨眼，邊追憶他們以血肉
寫成的歷史，他的聲音帶些東北口音，喜歡把
「人」念著「銀」，給聽眾一種別樣的青春感。

　　1938年12月30日，重慶《大公報》記者子岡
說：「他有點嫵媚。」如是說，也絕非冒犯英雄。

注釋

1.趙老太太，即趙洪文國（1881-1950）。趙洪文國係滿族人，夫姓趙，
　本名洪文國，遼寧岫岩人，抗日英雄趙侗之母，人稱「趙老太」，無
　黨無派。抗日戰爭時期她屢挫屢戰，參與組織創建了遼南「少年鐵血
　軍」、河北「國民抗日軍」、河南「太行山光復軍」以及「晉察冀游擊
　縱隊」，被譽為「游擊隊之母」、「民族之母」，民間稱之為「雙槍老
　太婆」。戡亂戰爭後期，趙洪文國組織「中國國民反共救國軍」，成立
　「晉熱遼邊區第二綏靖總指揮部」，以「總統府留守」自任，策劃「反

徵糧」，打出「趕走共產黨，三年不納糧」等口號，建立大陸游擊區，阻止共軍起義，率部分國軍和民眾組織與解放軍對峙，1950年被捕槍決，時年70歲。趙老太太和趙侗將軍一家，由組建的少年鐵血軍開始，毀家紓難，由北退南，屢挫屢戰，前仆後繼，歷經13年的血與火，直至抗戰勝利，趙氏家族為國捐軀30餘人。

雅德內（**Yardley**）[1]在重慶之起居

1934年，雅德內出版了《黑室》（*The American
Black Chamber*）講述他作為美國密碼專家破譯
日本最機密的外交、軍事電碼之經歷。1938年
9月，以皮貨出口商的身份，雅德內由香港去海豐
經昆明抵重慶。他一邊在「中國黑室」破譯日本
密碼，一邊大量培訓中國密碼人員。但此處不談其
工作，如題所示，讓我們來一窺其生活起居：
雅德內住的這座公館是從廟宇的廢墟中偷來的石塊
建造的。這座公館俯瞰長江，離德國、法國和英國
使館僅幾百碼遠，俗稱「神仙洞」（下面有一個從
岩石裡鑿出來的洞穴，據說古時候，和尚們在那裡
藏匿他們的年輕姑娘。現在它是一座防空掩蔽所）。
這座房子有20間裝有松木地板、傢具簡陋的房間。
室內無洗澡間、電爐或壁爐，僅地下室有一木炭爐
用於做飯。雅德內的房子在東側頂樓，室內終日
昏暗潮濕，肥大的重慶老鼠到處亂跑，聲若馬群
奔踏不歇。雅德內後來回憶道：「僅在幾天前，一隻
老鼠把我們一個警衛的新生嬰兒咬死了。孩子的
母親措手不及，那老鼠扯下了小孩的一個睪丸。
儘管在我的堅持下布設了各種逮鼠器，老鼠還是在

閣樓裡亂竄，沒有一個夜晚我沒被跑到身上來的一
兩隻老鼠弄醒。我讓人把我住的地方的洞都堵住了，
但還是有我無法發現的洞口。」唉，霧重慶，
時光停滯了；唉，雅德內——老鼠。

注釋

1.赫伯特·雅德內（Herbert O.Yardley, 1889-1958），又譯為雅德
利，美國國家安全局前身軍情八處及「美國黑室」（The American
Black Chamber）創始人，1938年被戴笠聘請到陪都重慶，創建對日
密碼破譯機關「中國黑室」。他在民國諜戰現場，與戴笠把酒暢談特工
手段，私下與汪精衛會面，獲得蔣介石接見，當場活捉日本間諜，藉助
汪精衛情婦破譯「獨臂匪」密電，設計趕走嫌疑人，其援華行蹤卻被
《紐約時報》揭露，後因健康惡化，時局所迫，不得不返回美國。雅德
內一生經歷曲折離奇，死後葬在華盛頓的阿靈頓國家公墓。著有《美國
黑室》（*The American Black Chamber*）等。

毛澤東肖像

8月23日黃昏的時候，記者冒雨去謁見毛澤東先生。毛先生的嘴角有兩點鬍子，頭髮散亂，穿一身破舊的北布制服，領紐也沒有結，腳下穿著一雙布鞋，煙不離手，每次吸煙的時候，先用兩手將一支煙的腰部旋轉著，捏一捏，然後很悠閒地將火柴燃著，縮短了頸子深深地吸一口煙，然後再深深地吐一口氣，等這一口氣吐過，煙縷才從他那只鼻孔裡冉冉地冒出來。毛先生這些舉動，很像三家村裡的學究，酸溜溜的有股秀才氣。說起話來，兩隻富於幽默性的眼睛，細細合縫，眼角留情，表情十分細膩，談吐又很風雅。毛先生好像絕不會大笑，但微笑卻永遠留在他的面上。

（1938年10月4日上海《文匯報》

〔標題為我所加，原標題為「今日延安」〕）

子彈打不死周作人

1939年元旦正午時分，天津中日學校二名學生，
年齡24歲左右突至周作人北京西城八道灣家中，
其中一人向周開槍，子彈射入周之棉衣，
僅觸及鈕扣，周毫髮未傷。周之車夫被當場擊斃，
周之門生陳某左肺受橫貫槍傷。特別記錄於此。

今生今世胡蘭成¹

年輕時，你走著走著，就脫口說出
一個殺字。年輕時，你們還共同
「點殺」過一個女人——

那晚，在莫愁湖
她朗笑著說，我要回鄉，沒有路費
邊說邊翹起屁股，
露出右邊屄側蜿蜒的三寸刀疤

驚愕——吐露著思……
性變成一種想像？看，人人都只畫龍，
睛到底由你來點：

「我在西湖玉泉寺，見池裡養的大魚
一匹一匹像豬群的堆堆擠擠，……」
往事如夢，你就亂說：
「西洋人只有性與生育的熾熱。」

百年短而寸陰長呀

當共產黨員的精神有了一種空虛

人世便可以好到如步步金蓮。

再看上海的夏天：浴後輕衫，人意如新

那深潭一直曬不著太陽，

過香積寺

令你害怕還是令我？

注釋

1.胡蘭成(1906-1981)，生於浙江省嵊縣下北鄉胡村。抗戰爆發，上海
  淪陷，胡寫了一篇社論〈戰難，和亦不易〉，受汪精衛妻陳璧君賞識，
  立刻提升胡為《中華日報》總主筆，從此，開始替汪精衛的親日偽政權
  服務。1940年汪偽政府成立，胡蘭成任汪偽宣傳部常務副部長、法制局
  長、《大楚報》主筆。1944年與張愛玲結婚，1947年二人離婚。代表作
  有《今生今世》、《山河歲月》等。

優男汪精衛[1]

六月八日午後三時有一位高高身材、白皙柔和面孔，穿一身瀟灑藏青西服的人，在叩東京淀橋區下落合近衛公別邸的門，那就是汪兆銘先生。近衛公即刻引他到密室裡去，兩個人先由翻譯員代勞寒暄了一番，然後屏退左右，不懂中國話的近衛公和不會說日本話的汪兆銘先生開始了筆談；那正是午後的三時半，汪兆銘先生以蠅頭小楷寫出他救國的熱情，近衛公亦以鮮明的墨痕表現和平的主張，兩個人在紙上交換肝膽相照的談話，一共費去了三小時三十分鐘。午後七時，一同圓桌吃中國料理，飲酒談笑，直到夜間九時，才戀戀不捨地分別了。事後，近衛公談汪兆銘的印象道：「……和汪第一次的會面是巴黎和會，這是第二次，首先使我吃驚的，是他還和二十年前一樣，一點都沒有變，看起來很年輕，簡直像個三十歲的人，而且面膚白皙，貌如女子，談話的聲音極低微柔和，握著手，像含羞一般，決不像長期革命所鍛鍊出來的大膽的人。我們屏退從人，以筆談話，中日文字是共通的，所以彼此的意見都能瞭解。談話的內容才能貫通，這是會談當時的大概的印象，汪兆銘用漂亮的字，說明他的懷抱和重慶政府的情形，當談到孫文的大亞細亞主義時，汪兆銘說：『中日之有今日，是違背了孫文先生的遺

志的，極為遺憾」於是他掏出手巾來，揩那滿含淚水的
眼睛。筆談後，一同吃晚飯，據說他有糖尿病，不能吃
糖，所以那天的中國菜裡面沒有放糖，他吃得很好，還喝
了一瓶日本酒。」

（1939年9月17日大阪《朝日新聞》夕刊，社會新聞欄）

注釋

1. 汪精衛（1883-1944），即汪兆銘，字季新，筆名精衛，因此歷史上
   多以「汪精衛」稱之。曾謀刺清攝政王載灃，袁世凱統治時期到法國留
   學。回國後於1919年在孫中山領導下，駐上海創辦《建設》雜誌。1921
   年孫在廣州就任非常大總統，汪任廣東省教育會長、廣東政府顧問，次
   年任總參議，抗日戰爭期間投靠日本，1944年在日本名古屋因「骨髓
   瘤」病死。其夫人為陳璧君。

陳籙斃

陳籙字任先，福建閩侯人，現年63歲，係法國巴黎大
學畢業，在北京政府時代，曾任駐法及墨西哥兩國公
使，暨外交部政務司長、次長等職，在北洋系外交
界中，頗具相當資格。自國民政府成立，陳即賦閑
在滬，安度寓公生活，迫至抗戰烽火燃起，陳即與梁
鴻志、溫宗堯等輩，覥顏事仇，偽維新政府在南京出
現，陳即公然出任偽外交部長，往來京滬，恬不知恥。

——引子

中國青年鐵血軍暗殺團當此1939新春佳節
又有大動作。而天有不測風雲，偽外交部長
陳籙正好撞在了槍口上。2月19日七時
十五分許，陳籙正在上海與家人圍桌共食
「年朝飯」，以迎祥瑞之新年，兩鐵血青年
衝進並雙槍齊射，二彈中陳之頭顱，
陳當場倒地斃命。家人嚇呆，不敢稍動。

白求恩（Norman Bethune）[1]

幼時，我曾日復一日端坐課堂，
迎著響亮的陽光高唱：

白求恩同志是加拿大共產黨員，五十多歲了，為了幫助中
國的抗日戰爭，受加拿大共產黨和美國共產黨的派遣，不
遠萬里，來到中國。去年春上到延安，後來到五臺山工
作，不幸以身殉職。
……
一個人能力有大小，但只要有這點精神，就是一個高尚的
人，一個純粹的人，一個有道德的人，一個脫離了低級趣
味的人，一個有益於人民的人。

還用說嗎？我永恆的記憶之神！
所引二段座右銘出自毛澤東的
「老三篇」之《紀念白求恩》。
歲月駸駸，不覺43年前的朗誦
已成往事。讓我再往前去，來到
1938年的初春吧。一個凌晨，
白求恩在繁忙的工作之後，
寫下了死亡筆記：「壞疽，

狡猾而又令人悚然的敵人。
那人還活著嗎？」
戰鬥在進行，中國在流血，
延安、山西、河北
就在這一帶的山區呵，此刻
「我站在了戰爭的中心之中心。
我怎樣才能體驗這種奇特的
艱苦鬥爭的滋味呢？」
手術一個接一個，每日
近20小時地運轉著；
白求恩感到充滿，還撥冗寫作，
以撫慰他那滾燙的抒情性基因：

舊紗布沾滿洗不盡的血痕。輕一點。剪開褲子，輕輕抬
起大腿。天啊，這簡直是一條袋子，一條長長的、鬆軟
的、沾滿鮮血的長統襪。什麼樣的長統襪？聖誕老人的長
統襪。那根骨頭哪兒去了？碎成小片。用你的手指把它們
鉗出。啊，這些骨頭又白又尖，像狗牙。用手觸摸，探
一探。是否揀盡了碎骨屑。啊，又找到一片。完了嗎？是
的。不對，這兒還有一塊。肌肉僵硬了嗎？擰一擰。不
錯，僵死無反應。把這塊肉割去。肌肉怎樣才能恢復？
這些曾經是強健的肌健，怎麼會在剎那間被撕得四分五
裂、被踩躪得如此慘不忍睹？它們還會恢復驕傲的彈性
嗎？拉。停。拉。停。多有趣？居然做完了。手術成功
了。我們被毀滅了。我們自己怎麼辦？

帶著一絲迷惘，白求恩會在偶爾的

懷舊之情中憶起遙遠的加拿大，

「姑娘們是否還是喜歡被人愛？」

但在這裡，我「頗能滿足我的

布爾喬亞式的虛榮──他們需要我

就是有力的明證。」甚至在臨死前，

白求恩仍抬起因敗血症而紅腫的

胳膊做完最後一例手術；

然後，靜靜地分發完他的遺物：

送聶榮臻將軍兩雙手套和皮鞋；

送一位師長一條褲子及一雙馬靴；

送身邊的中國醫生，一人一副手術器械；

送警衛員，每人一張床單。

1939年11月3日破曉來臨，

白求恩毅然撒手而去。

幾十年後，耶魯大學的

史景遷教授[2]說道：「他是靠中國人，

才實現了自己意義重大的死亡。」

注釋

1.諾爾曼‧白求恩（Norman Bethune, 1890-1939），加拿大共產黨員，國際共產主義戰士，著名胸外科醫師。生於加拿大安達略省一個牧師家庭，青年時代，當過輪船侍者、伐木工、小學教員、記者，1916年畢業於多倫多大學醫學院，獲學士學位。曾在歐美一些國家觀摩、實習，在英國和加拿大擔任過上尉軍醫、外科主任，1922年被錄取為英國皇家外科醫學會會員，1933年被聘為加拿大聯邦和地方政府衛生部門的

顧問，1935年被選為美國胸外科學會會員、理事，他的胸外科醫術在加拿大、英國和美國醫學界享有盛名。1936年冬志願去西班牙參加反法西斯鬥爭，1937年12月前往紐約向國際援華委員會報名，並主動請求組建一個醫療隊到中國北部和游擊隊一同工作。1938年3月31日，率領一個由加拿大人和美國人組成的醫療隊來到中國延安，毛澤東親切接見了白求恩一行。1938年8月，任八路軍晉察冀軍區衛生顧問。1938年11月至1939年2月，率醫療隊到山西雁北和冀中前線進行戰地救治，4個月裡，行程750千米，做手術300餘次，建立手術室和包紮所13處，救治大批傷員。1939年7月初，回到冀西山地參加軍區衛生機關的組織領導工作。創辦衛生學校，培養了大批醫務幹部；編寫了多種戰地醫療教材。1939年10月下旬，在淶源縣摩天嶺戰鬥中搶救傷員時左手中指被手術刀割破感染。1939年11月12日凌晨，因手術中被細菌感染轉為敗血症醫治無效，在河北省唐縣黃石口村逝世。

2. 史景遷（Jonathan D. Spence, 1936- ），英國人，作家，漢學家，1965年獲耶魯大學博士學位，現任耶魯大學歷史學教授。

卷五

一九四〇年代

在山西臨縣，日本人搶得怪

山西之美只為懂它的人打開
昔日並刀如水，纖手來破新橙。[1]
那熠熠的年華呢，那獸香已斷。
如今誰又識得真漢風？
可惜日人最是解人。

但為何山西最遭血洗呢？
僅以晉西臨縣為例，在這片
「王道樂土」之夏季掃蕩中，
就有106人死於日兵屠殺，
殺之情形過於殘忍，故略去。

在此單說擄掠中最古怪之事：
日兵最喜搜刮農村婦女裹腳布
小孩用的尿布、老人穿爛的內褲。
這不，僅僅第二區，
衣服損失便在3300多件。

至於其它，如雞鴨牛馬狗豬貓兔糧食
飯鍋風箱水桶碗筷桌椅板凳床鋪夜壺
等等，再略去（因屬搶之常態）。

注釋
1.語出周邦彥〈少年游〉詞：

　　並刀如水，吳鹽勝雪，纖手破新橙。錦幄初溫，獸香不斷，相
對坐調笙。
　　低聲問：「向誰行宿，城上已三更。馬滑霜濃，不如休去，直
是少人行。」

1941，詩人田間[1]說

恩格斯的軍隊論，說到山地比較適宜於進攻
而不適宜於防禦。但請讓我老實說，
這裡什麼辦法也沒有了。

山嶺穿過雲的地帶以上，人們叫它掛雲山。
此時，敵人已穩穩當當地把它包圍了。

——打到最後……
二十個戰士，只剩最後一個。

此刻，他眼裡的紅火燒著——
他不單要保護：紅的陣地
還要保護紅的同志——紅的屍首啦！

他還要活著，他不想死。

注釋

1. 田間(1916-1985)，原名童天鑑，安徽無為人，詩人。其詩作〈假使
   我們不去打仗〉傳遍全國，聞一多稱之為「播鼓詩人」、「時代的鼓
   手」。

三個營

　　這三個營各有所長：一營能攻能守，但比起二營來，
攻堅卻還要稍為遜色，至於三營，陣地戰打得漂亮，
不過一打起麻雀戰來，卻遠非其它兩營所能比擬了。

中美合作所的美國教官發現

　　中國士兵的體型像孩子似的，他們行動很慢
可突然又極為凶狠；他們堅韌的中國腳只穿
草鞋而從不穿皮底的鞋子。常常，他們也把
擁有皮鞋看作是一件很有面子的事。當他們
抓住一個日本士兵後，皮鞋是最先繳獲的
戰利品。他們是出色的黑夜殺手，有令人
難以置信的夜視力，若貓眼。他們每天進行
長達到60公里的負重急行軍而每日只吃兩頓
米飯（其中一頓有個素菜），每週吃豬肉一次。

副委員長馮煥章[1]在貴州視察軍隊時

一上檢閱台，就先打了自己三個耳光
然後嚎哭道：「我是代表中央來視察的
結果看見大家窮得連褲子都穿不上，
我感覺對不起大家……」同時，他叫
攝影師趕快將這一大堆爛褲子隊伍
拍照下來，帶回重慶給蔣委員長看。

注釋
1.見卷四〈1934：在泰山，馮玉祥的思與行〉注。

七千人被悶死

1941年6月5日，重慶陪都鎮日陰霧，
傍晚五時十分，出現防空警報，日機
二十餘架，前後三次來襲，至晚十二時
解除警報，即發現，重慶已發生七千人
悶死於防空洞之慘案。原因為：一、內無
通風設備；二、強迫所有人入洞；三、
守洞人將洞門嚴閉，以致洞內出現窒息
死亡者，仍巍然不開。尤其是這原因三，
讓所有川人怒罵：「該守洞人腦殼進屎！」
（四川土話，形容某人蠢笨呆板之極）

延安整風[1]瑣記

吹落，如秋葉，那主觀主義、宗派主義、黨八股；
在延安，我看見一個學生對小組長彙報思想時說：
今天我值日，沒去領開水，這是我的主觀主義作怪。

一個同志在檢討會上發言說：我宗派主義很厲害，
比如我只喜歡接近我的愛人！

吹送，若春風，那批判精神，也感染了外國友人；
比如柯棣華（印度援華醫療隊醫生），他在給他的
朋友，另一名印度醫生巴思華寫信時，這樣說道：

我現在正處於學習文件中，我和中國同志們在一起
研究，反省和自我批評，使我獲得了很大的進步，
如果說過去我有濃厚的小資產階級意識，那麼今天
比以前是進步了，今天的我已不是兩年前的我了！

注釋

1. 延安整風運動是中共黨史上第一次大規模的整風運動。1941年5月，毛
澤東在延安高級幹部會議上作〈改造我們的學習〉的報告，標誌了整風
的開始；1945年4月20日，六屆七中全會通過〈關於若干歷史問題的決
議〉，又標誌了整風的結束。

延安整風是中國（革命）現代性發生突變的一個標誌性事件。在這段時間中，毛澤東作為這場運動的總舵手，連續發表四篇影響中國歷史進程的簡明文章：〈改造我們的學習〉、〈整頓黨的作風〉、〈反對黨八股〉、〈在延安文藝座談會上的講話〉。

　　〈改造我們的學習〉主要是反對主觀主義。毛澤東在其文章中開宗明義，首先提出要將學習方法和學習制度改造一下。為什麼要改造呢？因為有些同志缺乏客觀性，正如毛澤東形象地指出的那樣「閉塞眼睛捉麻雀」，「瞎子摸魚」，粗枝大葉，誇誇其談，理論與實際分離；對自己祖國的歷史不懂，零星地撿了一些希臘和外國故事，言必稱希臘，卻不以為恥，反以為榮。這樣一來勢必出現主觀主義。

　　接著毛澤東把主觀主義和馬列主義這兩種學風進行了詳盡對比。

　　對於那些華而不實的主觀主義者，毛澤東為他們畫了一幅十分惟妙惟肖的肖像：

> 牆上蘆葦，頭重腳輕根底淺；
> 山間竹筍，嘴尖皮厚腹中空。

　　這種人就是「頭重腳輕，嘴尖皮厚」，一天到晚耍嘴皮子，最不老實，專搞譁眾取寵之事。毛澤東對這種人看得分明，指出：「科學是老老實實的學問，任何一點調皮都是不行的。」

　　如何改正主觀主義那副醜態呢？那就是要有的放矢，實事求是，這樣才可以使自己脫盡「頭重腳輕、嘴尖皮厚」的醜惡嘴臉。

　　最後，毛澤東為治病救人，還開了「處方」：一是要系統周密地研究周圍的環境，即敵我友三方面的各種情況；二是集中學習近百年的中國史，分經濟、政治、軍事、文化幾個方面去學；三是以馬列主義為指導去研究中國革命的實際問題，尤其要學習《蘇聯共產黨（布）歷史簡要讀本》。

　　從為何要改造學習到怎樣改造學習，毛澤東非常清晰、準確、生動地為我們款款道來。此文所提倡的學風至今對現代中國也有指導意義，也不過時，因為時下很有一些文人犯主觀主義的錯誤，他們仍然以懂得祖國為恥，反以「言必稱希臘」為榮。這一壞傾向一天不改正，我們一天也不應停止「改造我們的學習」的運動。

〈整頓黨的作風〉是反對宗派主義。1942年2月1日這天，毛澤東出席了中共中央黨校舉行的開學典禮。在這個典禮上，毛澤東作了題為〈整頓學風黨風文風〉的報告（後來收入《毛澤東選集》時改題目為〈整頓黨的作風〉）。

　　毛澤東的這個報告或文章文學性和思想性都極強，讀來妙趣橫生，常常令人忍俊不禁，頗有寓教於樂的效果。然而「教」是第一性的，通過毛澤東的教育，我們深刻地認識到整頓黨的作風的重要性。

　　毛澤東一貫強調寫文章要有一股春意，一股長江大河之勢，而不能筆下若玄冰之凍、靈台如花岡之岩。總之要講究文采，不能搞死板板的幾條筋似的黨八股或洋八股這樣的文風。毛澤東正是這種「春意」或「長江大河之勢」的文風的實行者。

　　因此，毛澤東在這篇文章中，一上來就對三種不正之風予以了抨擊。他指出：「所謂學風有些不正，就是說有宗派主義的毛病。」接著毛澤東非常形象地形容了這種不正之風：「這不過是一股逆風，一股歪風，是從防空洞裡跑出來的。」

　　接下來，毛澤東鮮明地指出，反對主觀主義以整頓學風是整風運動的中心內容。主觀主義在黨內表現為教條主義和經驗主義。教條主義只把馬克思書本中的個別詞句當做包治百病的神藥，死搬硬套、無的放矢，甚至只是紙上談兵地研究馬克思主義的理論，半點不去結合中國的實際。毛澤東在此又十分生動形象地說：「有些同志則僅僅把箭拿在手裡搓來搓去，連聲讚歎：『好箭！好箭！』卻老是不願意放出去。這樣的人是古董鑑賞家，幾乎和革命不發生關係。」經驗主義則以自身經驗為滿足，把局部當全體，把感性經驗誤認為普遍真理。

　　批判了主觀主義、經驗主義之後，毛澤東又批判了宗派主義，即那些在黨內鬧獨立性的人，張國燾就是最典型的例子。同時也批判了那些在黨外人士面前妄自尊大的人。

　　毛澤東對於批判還是講究策略的。他提倡「懲前毖後」和「治病救人」。在此，毛澤東又打了一個極為生動的比喻：「……批判缺點的目的，好像醫生治病一樣，完全是為了救人，而不是為了把人整死。一個人發了闌尾炎，醫生把闌尾割了，這個人就救出來了。」批判缺點猶如醫生割闌尾，這樣的比喻的確相當富於詩意，既生動又鮮活。在此，又一次證明了「毛澤東話講得好，文章寫得好」這一黨內

許多同志的普遍說法。

時下中國文人非常流行談「話語權力」這類西方文論的術語，似乎不談就低人一等似的。這使我想起了1993年春我偶然讀到的一本美國某大學女教授（她的名字我忘記了，但我記住了她的身份，她是一位女權主義者，也是一位所謂話語權力專家）寫的一篇長文，專談什麼是「話語權力」，其中她引了毛澤東的一段話來給話語權力下定義：「一個人只要他對別人講話，他就是在做宣傳工作。」當我讀到此處時，倍覺汗顏，心想連我這個被毛澤東思想直接哺育成長的人怎麼都不知道這句話，而這句話到底出自毛澤東哪篇文章。面對毛澤東卷帙浩繁的文章，如果要查找也是大海撈針，我一時感到迷惘。今天，我有幸重溫〈反對黨八股〉，不覺一下就在文章中發現了這句話，內心的震驚可想而知。

毛澤東的這篇文章不僅到處充滿樸素簡單的思想光芒，而且文氣相當充沛，有很強的生命力，是地地道道的本色之作。此等文章再過三百年也不會過時。這又使我想起海德格爾曾對薩特說：「我的文章三百年後也會有人讀。」而薩特則說：「我的文章一百年後還有人讀，我就滿足了。」而〈反對黨八股〉的意義在21世紀的今天不是仍顯示出來了嗎？它甚至還在資本主義的超級大國美國顯示出來了。那些後現代「話語權力」專家們不也從毛澤東文集裡大挖金礦嗎？

現在，讓我們來隨意看看這篇文章吧，為何要「隨意」，因為此文寫得處處都好，妙語正好俯拾即是。

毛澤東說黨八股就是洋八股，而且其中還夾一點土氣。他非要把它揭穿、打倒不可。在這一點上，他的心又與魯迅相通了。魯迅在〈偽自由書〉、〈透徹〉一文中說過：「八股原是蠢笨的產物。」而且無獨有偶，魯迅也注意到了五四以後還出現了一種洋八股。魯迅面對這種壞東西說道：「八股無論新舊，都在掃蕩之列。」

現在又出了黨八股，毛澤東更是「金猴奮起千鈞棒」，要給予掃蕩，整頓文風，使中國的文學藝術有一個好的文風。

毛澤東先從總體對老八股、舊八股、洋八股、黨八股進行了批判，之後轉而說道：「我們也仿照八股文章的筆法來一個『八股』，以毒攻毒，就叫做八大罪狀吧。」

接著，毛澤東展開了對黨八股的八番猛攻，連數黨八股八條罪

狀。首先是空話連篇，言之無物，真是「懶婆娘的裹腳，又長又臭。」這是令人噁心的八股調。第二是裝腔作勢，藉以嚇人。靠嚇人討飯吃，而不是靠科學吃飯。第三是無的放矢，不看對象。第四是語言無味，像個瘪三。說話幾條筋，像瘪三一樣瘦得難看。在此，毛澤東又說出一條警句：「語言這東西，不是隨便可以學好的，非下苦功不可。」毛澤東深懂真正掌握語言並非易事。瓦雷里（法國詩人）也說過類似的話，他認為音樂家、畫家的工作都要比詩人、作家的工作容易一些，因為前者有一套專門的語言，專門為他們的工作所設計出來的，而後者所用的語言，是大家都在說、都在用的語言，相比之下，後者無疑難度要大得多，要在人人都在說的語言裡淘金，的確是難以上青天的事，是大手筆做的事。毛澤東說出的這句話，其本質就含有這層意思。可見他是最懂語言，也最會駕馭語言的人。筆者認為他是中國最會駕馭語言的三個人之一（其他二人是豐子愷和胡蘭成）。第五條是幼稚、低級、庸俗。第六條是不負責任，到處害人。毛澤東在此還做了一個洗臉、照鏡的比喻，說這種人不洗臉、不照鏡，沒有責任心，拿著一張黑臉、爛臉（指文章）到處示人，其結果是當然害死人了呀。第七條是流毒全黨，妨害革命。第八條是傳播出去，禍國殃民。「如果只寫給自己看，那倒不要緊。」毛澤東在此文開篇就先申明了。

接著，毛澤東還批判了文章之外的黨八股，即「開會黨八股」。非常死板，「一開會，二報告，三討論，四結論，五散會」。

最後，毛澤東開出四副「藥方」治療黨八股。列寧一篇，季米特洛夫一篇，魯迅一篇，中共六屆六中全會宣傳民族化的文章一篇。

〈在延安文藝座談會上的講話〉（以下簡稱「延講」）是毛澤東全面談論文學藝術的一篇十分重要的文章，具有深遠的歷史意義和現實意義。

我們知道，中國現代散文經歷了兩個時期，一個以胡適、魯迅、周作人等所開創的第一個時期，接著就是毛澤東開創的第二個時期。而毛澤東散文體真正形成的時間，大體上應從「延安整風運動」算起。而「延講」（也包括〈反對黨八股〉）卻使毛文體完全形成定式。從此，「毛文體」開始波及各個領域，並包括我們的飲食起居、行為及語言表達習慣。

在「延講」的旗幟鼓舞下，一大批革命文藝新人茁壯成長。何其芳從「夢中的道路」驚醒，從「為伊消得人憔悴」中高唱起戰鬥進行曲；卞之琳也開始從黯淡的幻美與象徵中變得青春盎然，他寫完《前方的神槍手》，又寫《地方武裝的新戰士》。柯仲平搞出了《小放牛》。丁玲寫出了《田保霖》，歐陽山寫出了《生活在新社會裡》。毛澤東讀後十分高興，當即寫信給丁玲、歐陽山，說：「我替中國人民慶祝，替你們兩位的新寫作作風慶祝。」

延安沉浸在一片欣欣向榮的紅色海洋裡。文藝「作為團結人民、教育人民、打擊敵人、消滅敵人的有力武器」（引自「延講」「引言」部分）開始熱情而有力地運轉起來了。

同時，毛澤東還在「延講」中提出了立場、態度、對象、感情和學習等問題。

毛澤東在文章中勇於解剖自己，說自己過去當學生時不願挑行李，覺得這樣做不像樣子；工人農民的衣服也不願意穿，覺得髒。他在與斯諾談話時還回憶了早年在長沙當兵時，絕不去挑水的情形。總之，那時毛澤東覺得自己是知識分子，不屑也不該去做那種體力活。因那時，他多多少少還受孟子，這位封建主義的聖人教導過，並相信其所謂「勞心者治人，勞力者治於人」。而後來就完全不同了。正如毛澤東自己在「延講」中所說：「革命了，同工人農民和革命戰士在一起了。」彼此熟悉了，他也改變了過去那種「資產階級和小資產階級的感情」。同時，他「覺得知識分子不乾淨了，最乾淨的還是工人農民，儘管他們手是黑的，腳上有牛屎。」

毛澤東通過自己的感情變化，通過「由一個階級變到另一個階級」，深深打動並說服了在場的文藝工作者。

接著毛澤東鮮明亮出他的文藝思想：文藝為人民大眾服務，為工農兵服務，這是中國無產階級文藝發展的根本方向、根本原則。要做到這一切，文藝工作者首先要真愛工農兵，否則描寫出來的工農兵，「也是衣服是勞動人民的，面孔都是小資產階級知識分子」。

毛澤東認為在階級社會裡一切文藝都將打上階級的烙印。這是看得非常深刻的，古今中外的大文豪都基本持有這個觀點，薩特這位存在主義大師也說過相似的話，文藝為什麼人的問題，這是每一個文藝家都躲不開的問題，必須去面對的問題。如果你不為工農兵歌唱，就

會為剝削階級歌唱，為所謂的「貴族」歌唱，文藝家總是（身不由己的）要成為某個階級的代言人，這就是毛澤東所說的階級立場問題，這是一個大問題，必須解決好，否則革命就不可能成功，更談不上有革命的文藝了。

毛澤東曾風趣地說過：「我們有兩支軍隊，一支是朱總司令的（朱德），一支是魯總司令的（魯迅）。」對於魯總司令領導下的「文化軍隊」，毛澤東是最為歡喜並隨時為他大聲歡呼的。在「延講」中他就多次提及魯迅。並在結尾處，號召所有人（包括黨員、革命家、文藝家）都應該學習魯迅的榜樣，尤其要以魯迅的「橫眉冷對千夫指，俯首甘為孺子牛」兩句詩為座右銘，為工農兵鞠躬盡瘁，死而後已。

立場問題解決了，並非一起都解決了，文藝也需要普及與提高。如果一直都停留在「小放牛」、「人、口、手、刀、牛、羊」這一個基礎上，人民群眾也不會喜歡的，毛澤東還風趣地針對柯仲平所說的他們每次演完「小放牛」都有群眾給他們吃雞蛋這一現象，說道：要更好地為群眾服務，要拿出更好的節目來為群眾演出，不要驕傲自滿。你們如果老是《小放牛》，就沒有雞蛋吃了。

樣提高文藝水平，毛澤東也十分內行地指出了方向：生活源泉（最重要），古今中外的文藝作品（第二重要）。

毛澤東還談到文藝批評，以及批評的兩個標準，批駁了抽象的「人性論」，生動而準確地為我們論述了藝術與政治的關係。

毛澤東作為一代文學大師，還提出了非常精道的文藝創作方法，即「古今中外法」，他形象地說，就是屁股坐在中國的現在，一手伸向古代，一手伸向外國。這也就是他後來總結出來的「古為今用，洋為中用。」毛澤東的這一創作方法至今仍被年輕一代的文藝人廣泛地運用著。歷史和現實均再次證明，這個方法是文藝創作中放之四海而皆準的真理。是唯一的方法，不可能再有別的方法了。

當然，毛澤東所提倡的這種文藝生產的方法在近代也是有傳統可循的，譬如張之洞在《勸學篇‧設學》中就提出過「中學為體，西學為用」；聞一多早在1923年〈《女神》之地方色彩〉一文中也提出過新詩「要做中西藝術結婚後產生的甯馨兒」；以及魯迅那家喻戶曉的「拿來主義」，卞之琳的「化歐化古」等，以上這一切方法都可以歸

入毛澤東「古今中外法」這一寫作原則。

　　「延講」是中國文學藝術如何大眾化或如何暢銷（按現在的說法）的指路明燈，從此，詩人、作家們開始找到了一條正確而可靠的文藝生產方向。他們深入生活，深入工農兵，創造出一大批反映現實生活、反映實際鬥爭的好作品。當時如《兄妹開荒》、《白毛女》等等；今天如王廣義的《大批判》、阿城的《棋王》、李亞偉的《中文系》、《闖蕩江湖》等。這些作品充分反映了在不同歷史時期的革命鬥爭中的宏偉生活，並發揮了它那「刺人心腸的歡樂」（波德萊爾語）的大作用。

幾種日本刑法

近日讀舊報若干，譬如在1944年的《新華日報》
上就讀到日人用鐵鉤穿著中國人的舌頭，將其
吊起來，此刑為鉤鯉魚；用一張鐵床架在一堆
炭火上，將中國人捆置於床，叫烤全豬；將中國人
下半身埋入地下，令狼犬撕咬其上身，謂狗吃刑；
將一條長繩拴牢在兩個中國男人的生殖器上，
再兩面鞭打，使其繩越扯越緊，日人在繩上作
跳繩遊戲，稱之為繩刑；讓中國人靠板壁站立，
釘其兩腳於地下，兩手張開釘於板上，再用沸水
從口中灌入，這叫做基督喝水刑。行了，就此打住。

我看到最駭人的酷刑

繼續讀報，讀到1944年4月29日延安《解放日報》，在此，特別抄錄相關酷刑如下：

延市白家坪居民常志勝之兒媳白氏，今年26歲，於古曆三月初一日患頭痛腹痛，初二日白氏之生母請來巫神楊漢珠為她治病，該巫神當即在病人兩虎口及鼻孔下連釘下三根鋼針，結果不僅無效，反使病情加劇。後復請邊區醫院魏明中醫生診視，始知為小產，隨即予打針吃藥，不久即將小孩生下，小孩半小時就死了，大人無恙。醫生走後，白氏因為一則沒有安靜的睡覺（本地風俗產婦要坐三晝夜，不得睡覺），血液循環受障礙，二則三天只吃些米湯（這亦是本地風俗），三則她原有心臟病，所以，忽然中風發昏。該巫見有機可乘，硬說這是鬼病，不准再吃西藥，把藥品投入水中，並拒絕醫生的複診，大吹其捉鬼驅鬼的一套，當即將桃條七根撐在一起，向病者周身毒打，強迫她說出是什麼惡鬼搗亂，雖經病者多次哀求爭辯，終不停手，白氏忍痛不過，乃偽稱是王四子死去的兄弟。但該巫仍不罷休，復強令白氏在黃表上寫描出鬼名鬼形，同時又用加了清油的掃帚在窯內亂燒一起，並在病人面前大放爆竹，將常家十幾個飯碗滿裝柴灰，一個個從門

窗中丟出打碎，名之曰驅鬼。當日晚九時，該巫又在送鬼的名義下，將病人於大風中強拖至前溝岔一碾子旁，轉了幾轉，又命她跪下，然後在她頭上放鞭炮。病人經此一番折磨後，已不能行走，由人背回家中，當即昏厥。此時該巫更使其殘忍手段，將病人全身脫光，除以桃條驢蹄抽打外，並用細鞋繩將白氏兩個中指緊緊縛住，中間用筷子絞緊，直使繩索入肉見骨，流血不止，同時又強以驢馬糞灌入白氏口中。但最駭人聽聞的，則是將鐵通條燒紅，硬說鬼在病人的鼻中，而加以殘酷地燙烙，甚至最後竟用黃表在病人陰戶上燃燒，結果除將陰毛燒光外，兩腿間也燒起了無數水泡。一時慘叫號哭之聲，聞者無不悚然。旁人稍一哀求，該巫即以不治相威脅。白氏經此苦刑拷打後，遂於當夜氣絕身亡。……

張愛玲[1]在永嘉，1946

未厭青春好，已睹朱明移；
戚戚感物歎，星星白髮垂。

——謝靈運〈遊南亭〉（在永嘉）

委屈含著長恨，但亦忘得飛快
看，「我們的旅行是一路吃過去的，
如同春蠶食葉……」

赤紅的亂山、慘綠的草木
小小的縣黨部安靜若寺院
一壇醬油的氣味欲上人衣來

對不起，我有點恍惚，我不僅在
妖豔的國旗下吃了一頓晚飯
我也看到了這景色：

「完全失去了毛的豬臉，
整個地露出來，竟是笑嘻嘻的。」
而雞，總是走得那麼提心吊膽。

注釋

1. 張愛玲（1920-1995），本名張瑛，原籍河北豐潤，生於上海，作家。
   1944年張愛玲結識胡蘭成與之交往。1973年，張定居洛杉磯，1995年9
   月8日，死於動脈硬化心血管病。

周佛海[1]在法庭詭辯

准日本在華駐兵，
不是我們承認的，
辛丑條約就已承認了，
不但日本可以駐兵，
列強都可以駐兵。
至於承認滿洲國，則是
事實，日本已佔領十年，
你不承認他也占了。

注釋

1. 周佛海（1897-1948），湖南沅陵人，曾國藩的私淑弟子，早年留學日
   本。曾為中共一大代表、黨的創始人之一和中共一大的代理書記；「一
   大」後，成為蔣介石的親信和國民黨內的「狀元中委」；抗戰期間，叛
   蔣投日，成為汪偽政權的「股肱之臣」。在抗戰勝利之時，他搖身一
   變，由大漢奸變成國民黨的接收大員。

張靈甫[1]的屍身人面像

43歲，陝西長安人，蔣介石嫡系之
精銳主力七十四師師長。長方大臉，
鼻樑高挺，身材魁梧，右腿曾因傷
殘廢，較左腿為細瘦。後腦被湯姆
槍彈炸開，血與腦漿均乾涸。屍首
開始腐臭，人民解放軍已備棺代為
埋葬，以待張氏家屬前來領柩回籍。

注釋

1. 張靈甫（1903-1947），陝西長安人，原名張鍾麟，字靈甫，後改名張
   靈甫，字鍾麟。國民革命軍高級將領，中將軍銜，曾任中華民國國民革
   命軍整編第七十四師師長。1947年5月16日，於孟良崮戰役中陣亡。

陳寅恪¹的飲食起居

天氣尚在晚夏，他已重裘裹身；
盛夏呢，亦穿著皮馬褂；
冬日出門，更是衣服重重，
其重量超過他的體重一倍多；
可見，一年四季，陳教授
畏寒。由於患有長年胃病，
他少吃米飯，愛去學校的工字廳
吃西餐，或吃掛麵；飯後
胃藥、魚肝油、補肺藥，及
補腦藥、安眠藥走馬燈地吃
午飯後必睡覺，否則極不舒服，
任何事不能做。又由於他身體差，
他的醫藥知識異常豐富，
懂得幾百種藥品名
使許多醫生驚駭。他是
絕對不信中醫，說「寧願讓西醫
治死也不願讓中醫看病。」
他吃東西很注意清潔，任何
食品無衛生許可證明，
他是不吃的，但還是常常鬧肚子。

注釋

1. 陳寅恪(1890-1969),江西義寧(今修水縣)人,歷史學家、古典文學研究家、語言學家。

你信嗎

佔領日本的盟軍司令官麥克阿瑟[1]元帥說：

「日本民族尚只有十二歲。」

注釋

1.道格拉斯‧麥克阿瑟（Douglas MacArthur, 1880-1964），美國著
名軍事家，五星上將軍銜。第二次世界大戰時期歷任美國遠東軍司令，
西南太平洋戰區盟軍司令；戰後出任駐日盟軍最高司令和「聯合國軍」
總司令等職，曾指示盟軍總部起草日本憲法樣本。

槍斃谷壽夫[1]

十年前，他率領日兵從中華門殺入，

發動了南京大屠殺。

今日（1947年4月26日）他

又從中華門綁出，至雨花臺

執行槍決。就刑前，谷含淚

寫下遺書致其妻：「從此訣別，

身葬異域，魂返君旁。」

接著整理遺物，一包還家，一包

與友人，另有地圖、鋼筆，

則分別託人送還，再將黑絨棉鞋脫下，

換上黑皮鞋，戴上灰禮帽及白手套，

吸香煙一支，即畢，

被監刑兵押上大卡車，直奔行刑地，

時高崗四周，萬民騰騰圍睹，

近正午十二時差五分，檢察官發令，

谷面南而立，子彈一顆由後腦入、

口中出，當場倒地而亡。

注釋

1. 谷壽夫（1882-1947），日本陸軍中將，法西斯乙級戰犯，南京大屠殺
   主犯之一。

三個日兵之下場

南京大屠殺的日兵中有三大聞人被判
死刑：田中軍吉、野田毅、向井敏明。
前者（谷壽夫部下）曾一口氣用一把
軍刀殺死中國平民300多名。後兩者
在紫金山麓作殺人比賽，結果向井殺
106名，野田殺105名。

蔣介石1948之起居點滴

近來，蔣總統日夜勤勞，白天不斷接見僚屬，晚間多靜坐陽臺上休息。夜十二時左右就寢，睡前，每每長嘯一二聲，以蕩滌疲勞。夜間醒來亦復當空長嘯，侍衛初覺不適，現不以為怪。蔣若特別心煩時，就拋卻新生活原則，喚侍衛獻香煙一支，多為三五牌，清淡型。

王揖唐[1]伏法記

一

1948年9月10日晨七時正，最高法院檢察處
通知北平第一監獄準備刑場執行華北頭號漢奸
王揖唐死刑；九時高檢處檢察官原屏離、書記官
周精業率法警十人乘車至姚家井第一監獄；九時
半到達，即在監獄後院共樂園布置刑場，並設一
小桌為臨時法庭；九時五十分法警進入監室（
王揖唐穿灰格夾袍，蓋紅格夾被，面色紅潤如常，
大白鬍子亂如茅草，剛吃完棒子麵粥一碗及蛋糕
二塊），叫王不要帶東西，檢察官就在院內等著來
驗一驗你的病情。王高高興興上了擔架不知死期
將至，抬出監房他還若有所思地仰望初秋的天空。

二

王揖唐被抬至刑場小桌前，檢察官問他年齡住址。
王答道：70歲，沒有家。檢察官當即說最高法院
仍複判你死刑今天執行，你還有什麼話說？有無

遺囑？王似未回過神來，說：我一點也不明白，
說不上來了，我要上訴。檢察官說不行了，已經
駁回。法警亦在催迫：有沒有話說？那麼執行了。
請大總統開恩。請法官開恩。王情急之下，反覆
說這兩句。以上問答十時結束。法警旋將其手抬起
在供詞上按下手印。再由法警四人抬起擔架往前走，
離小桌兩丈遠處，法警叫他坐起來，他奮力坐起。

三

這時，一法警從身後對準王的後腦就是一槍，可
這把大槍過於老舊，竟連發四槍不響，至第五槍
子彈才射出，後腦進，正前方出，王身體隨即向
左傾倒，頭部後有少許血出，仍呼吸喘氣不已；
檢察官見狀發令再補打一槍，哪知，又連發四槍
不響，至第五槍，子彈出，遂將前腦半邊炸開，
腦漿迸流，但王還有呼吸，直到十分鐘後，即至
十時十五分王才徹底氣絕身亡。十一時許，
其侄王德墉，侄孫王衛宇及侄女等趕來收屍。
王之棺材在他作漢奸時已備妥，無需別購。

注釋
1. 王揖唐（1878-1948），名賡、志洋，字什公、一堂、逸堂、慎吾。留
　　學日本，袁世凱祕書，洪憲男爵，北洋上將，安福系主將。「七七」事
　　變後，叛國投敵。1948年以漢奸罪被槍決。

太原公務員新編三字經

職員小，薪金少；下班遲，上班早。

公事忙，做不了；管外勤，兩頭跑。

自行車，倒方便；無錢買，可怎樣。

腿跑酸，腳走痛；若有誤，定吃碰。

辦事情，時小心；稍失慎，禍即臨。

做內情，事更忙；管雜務，事無專。

對上級，常媚笑；若觸怒，飯碗掉。

最高興，三十號；領月薪，心正跳。

扣預支，剩無多；不許借，可奈何！

借人債，須還清；再拖欠，理難通。

老少衣，破難穿；欲購置，無錢難。

米麵漲，柴炭貴；去正大（注：

正大為太原第一大飯店），誰不會！

聽聽價，估估錢；思生計，實艱難。

電燈費，街派攤；灰渣費，花樣繁。

妻肚大，將臨盆；囊無錢，該怎哩！

朋友到，少煙茶；羞答答，難說話。

身得病，臥在床；醫與藥，都無錢。

父年邁，母高齡；遭不幸，怎能行。

子須婚，女當嫁；力不足，怎招架。

親或友，鄰或朋；遇婚喪，難圓情。

逐宗項，俱為難；細思想，心實傷。

妻啼哭，子女鬧；小職員，心煩躁。

聲聲喊，不得了；處此世，無處告。

苦在心，強作笑；寫幾句，略解嘲。

（抄自1948年5月27日天津《大公報》）

以單元法幣交易

買一斤玉米麵，得須一百斤法幣；

買玉米麵一袋，得須法幣六十袋；

買大米一包，得須法幣一百包。

二十四斤法幣，買一個雞蛋；

四十斤法幣，買一個燒餅。

一屋子法幣，買不了一間土屋；

法幣首尾接連二里半，可買粗布一尺。

大便紙一張，賣法幣一斤；

廁所中擦屎浸尿之污紙，每斤合法幣二十斤。

一個普通工匠，每月工資合法幣約二十噸。

雇人數法幣，每日所數之法幣，不夠其一日工資。

……

（抄自1948年6月11日天津《真善美日報》）

太貴，亦見風搶

一杯水，在上海的舞廳已漲至一百二十萬元；
上海一般市民，一天很輕鬆地花掉二千萬元。
而冥幣，在天津，每張已升到一億元；打一次
電話至少也得一百五十萬元。在南京，三千萬
銀元買不到一個小燒餅。但人民已瘋，見任何
東西都搶。又譬如在上海，民眾已開始搶棺材
搶壽衣、搶壽鞋，不管有無死人，是否需要。
福州更瘋，糧食搶完，搶布匹，最後拚搶紗布，
三日不到，全城所有物資皆被搶購一空。是
瘋搶，亦是風搶，即見風搶，無論吹之輕與猛。

（完稿於2010年10月15——2011年6月15日）

閱讀大詩24　PG0959

 史記：晚清至民國
　　　──柏樺敘事詩史

作　　　者　　柏　樺
責任編輯　　黃姣潔
圖文排版　　陳姿廷
封面設計　　秦禎翊

出版策劃　　釀出版
製作發行　　秀威資訊科技股份有限公司
　　　　　　114 台北市內湖區瑞光路76巷65號1樓
　　　　　　電話：+886-2-2796-3638　傳真：+886-2-2796-1377
　　　　　　服務信箱：service@showwe.com.tw
　　　　　　http://www.showwe.com.tw
郵政劃撥　　19563868　戶名：秀威資訊科技股份有限公司
展售門市　　國家書店【松江門市】
　　　　　　104 台北市中山區松江路209號1樓
　　　　　　電話：+886-2-2518-0207　傳真：+886-2-2518-0778
網路訂購　　秀威網路書店：http://www.bodbooks.com.tw
　　　　　　國家網路書店：http://www.govbooks.com.tw
法律顧問　　毛國樑　律師
總 經 銷　　聯合發行股份有限公司
　　　　　　231新北市新店區寶橋路235巷6弄6號4F
　　　　　　電話：+886-2-2917-8022　傳真：+886-2-2915-6275

出版日期　　2013年6月　BOD一版
定　　價　　330元

國家圖書館出版品預行編目

史記 : 晚清至民國 : 柏樺敘事詩史 / 柏樺著. -- 一版. --　臺北市：釀出
版, 2013.06
　　面；　公分. -- (語言文學類 ; PG0959)
　BOD版
　ISBN　978-986-5871-57-4 (平裝)

851.487　　　　　　　　　　　　　　　　　　　102008432

讀 者 回 函 卡

感謝您購買本書,為提升服務品質,請填妥以下資料,將讀者回函卡直接寄回或傳真本公司,收到您的寶貴意見後,我們會收藏記錄及檢討,謝謝!
如您需要了解本公司最新出版書目、購書優惠或企劃活動,歡迎您上網查詢或下載相關資料:http:// www.showwe.com.tw

您購買的書名:_____

出生日期:_____年_____月_____日

學歷:□高中 (含) 以下　　□大專　　□研究所 (含) 以上

職業:□製造業　□金融業　□資訊業　□軍警　□傳播業　□自由業
　　　□服務業　□公務員　□教職　　□學生　□家管　　□其它_____

購書地點:□網路書店　□實體書店　□書展　□郵購　□贈閱　□其他

您從何得知本書的消息?

　□網路書店　□實體書店　□網路搜尋　□電子報　□書訊　□雜誌

　□傳播媒體　□親友推薦　□網站推薦　□部落格　□其他_____

您對本書的評價:(請填代號　1.非常滿意　2.滿意　3.尚可　4.再改進)

　封面設計____　版面編排____　內容____　文╱譯筆____　價格____

讀完書後您覺得:

　□很有收穫　□有收穫　□收穫不多　□沒收穫

對我們的建議:_____

_____

_____

_____

11466
台北市內湖區瑞光路 76 巷 65 號 1 樓

秀威資訊科技股份有限公司　　　收

BOD 數位出版事業部

....

（請沿線對折寄回，謝謝！）

姓　　名：＿＿＿＿＿＿＿＿　年齡：＿＿＿＿　性別：□女　□男

郵遞區號：□□□□□

地　　址：＿＿＿＿＿＿＿＿＿＿＿＿＿＿＿＿＿＿＿＿

聯絡電話：(日) ＿＿＿＿＿＿＿＿＿＿　(夜) ＿＿＿＿＿＿＿＿＿＿

E-mail：＿＿＿＿＿＿＿＿＿＿＿＿＿＿＿＿＿＿＿＿